行ったり来たり寝ころんだり

絵と文
あおきひろえ

新日本出版社

本書は、「大阪民主新報」に連載されていた「行ったり来たり寝ころんだり」（2017年4月～2018年3月）を再構成して、加筆・修正を加えてまとめたものです。年代や年齢は連載当時のままです。

口上

近ごろ巷《ちまた》で猫も杓子《しやくし》もやっているというSNS（ソーシャルネットワーキングサービス）なるものを、我もやってみんと始めてみたFB（フェイスブック）。インターネットを使って、展覧会のお知らせや新刊絵本、イベントなんかの告知を、手紙を出すことなく一気にお友だちに知らせることができるんだから、とっても便利じゃない？

やってみたら、ほんと便利ですよ。この間も喪中ハガキを出しそびれまして、年末ギリギリに、父が亡くなったことをアップしてみましたら、友だちの少ないわたしにも、どっと「いいね」をいただきました。亡くなって「いいね」というのも変ですけど、父との短い思い出話が「いいね」だったのかな？　わたしの財布も、切手買わずに済んで「いいね」でしたけど。

すると今度はこの投稿を見た大阪民主新報というマイナーな（失礼！）新聞社さんから「エッセイを書きませんか？」という依頼。売れっ子でもないのだから、どんな条件であろうと仕事を断っている場合ではないので、「やりますやります」の二つ返事で飛びついて、初めてのエッセイ連載が始まったのです。絵、ではなく作文で仕事が来たというのも新鮮でちょっと嬉しいような……悲しいような。

単なるFBで仕事をゲットできたのだから、なんでもやってみるものですね。しかし、週1

で作文を書くのは大変です。だいたい学校の宿題もろくにやらなかったくせに、週1できちんと原稿を提出するなんて、自分でも信じられません。編集長の佐藤圭子さんはとても辛抱強く偉い方で、怒りたい気持ちをぐっと抑えて優しく催促してくるのですが、それには知らん顔しつつ、あくまでマイペースで書いていたわたしとよくお付き合いくださいました。この場をお借りしてお礼申し上げます。ほんとうにありがとうございました。また読者の方から、面白かった！　のお手紙をバンバンいただきましたのも、とても励みになりました。そして、このようなものにそこそこ社運をかけてくださった新日本出版社の田所稔さん、編集に手を抜かない小松明日香さん、ありがとうございます。おかげさまでこの度、こんなわたしの愚痴のような、つぶやきのような、たわいもない話を一冊にまとめていただくことができ、これを棚ぼたと呼ばずになんと呼ぼう。こんないい加減に生きているわたしは、殊勝な気持ちになって、周りの人々に感謝しなければなりません。

ちょっと息抜きに、気の合う人とお茶しておしゃべりする、カウンターで飲みながら心の内を打ち明ける、そんなノリで書きました。気まぐれにパッと開いてちょっと読み、すぐに閉じてまた開く、そんな感じの楽な本。そういえば、こういうのトイレに置いとく本やわ。あ〜〜！　しまった!!　定位置まで決まってしまった！

あおきひろえ

目次

ケータイ

何を隠そう、『ケータイ』または『スマホ』なるものをわたしは持っていません。少し前までは、「実はわたしも」と連携を結んでいた人たちも次々と申し訳なさそうに持ち始め、ついに、わたしの周りでは、よほどのおじいちゃんおばあちゃんでない限り、自分一人になってしまいました。（ていうか、今日びよほどのおじいちゃんやおばあちゃんも、スマホくらい持ってるっちゅうねん）

正直、不便です。よく人様に借りケータイしたり、同行している夫の番号を自分の知人に勝手に教えたりして、迷惑がられています。

「おい、○○とかいう、男のやつから電話や」

目が怒っている。別に怪しい関係ではないです。怪しかったら、夫のケータイにわざわざかけさすようなこと、ありえないし。

先日などは、親の死に目にも会えず、姉から「もう！　いい加減にして！」と、こっぴどく怒られましたが、その姉も、死に目に間に合ったわけではありません。どのみち誰も間に合わなかったのです。

鍵を忘れて家に入れなかったときなどは、どこぞの居酒屋で夫が呑んでいるのではないかと、商店街をさまよい歩いたことも。そういうとき、わたしは第六感をフルに働かせて、呑んでる場面をイメージするのです。だいたい行くところは何軒かに限られているので、当てるのはそんなに難しくありません。そろそろ夫は魚が食べたい頃だ、とか、銭湯の帰りだったらあの道を通るはずだ、とか、考えられるデータを集結。バッチリ思っていたところにいたときには、思わずガッツポーズ！　一緒に呑んで帰ります。こうして、わたしはイメージ力を日々鍛えている、ともいえます。

息子の中学最後の野球の試合、郊外のグランドに到着すると誰もいない。こんな大事な日に、グランドを間違えたことに気づき大慌て。周りに公衆電話もないし、誰もいないので、聞くこともできない。なんとか最寄駅に辿りついて公衆電話から学校に問い合わせ、電車を乗り換え乗り換え、あ？　もうこっからタクシーだ！　と飛び乗ると、「そんなグランド知らん」という。「ナビがあるやん！」わたしは叫んだが、「使い方ようわからん」。あ～あ～こんなときスマホがあれば……。息子の最後の試合なのに！　息子は小さい頃からソフトボールチームで活躍し、野球部では、監督にどやされながら暑い日も寒い日もがんばってきたその姿が、走馬灯のように頭の中をぐるぐる、ぐるぐる。炎天下のタクシーでイライラ、イライラ。あ～、喉渇

いて熱中症になりそう、でも水！　じゃなくてスマホーー！

　そのうちタクシーの運転手さんはやっと地図で場所を確認し、「もう料金はいらんで」とメーターを止めてグランドまでとばしてくれた！　グランドに横付けされたタクシーを飛び降り、グランドに目をやると、まさにそのとき、カッキーン！　息子が、ツーランホームランをかっ飛ばし、9回裏で逆転！　相手を抑えた。わーと歓声が沸き、わたしの目からも涙がわー!!

とても感動的な1日だった。が、もしこのときわたしがケータイを持っていたらどうだろう。とてもスムーズに次のグランドに直行し、案外冷静に試合を眺めていたことでしょう。そして3年も前のその日のこと、もう覚えてないと思います。脳みそフル回転でこんだけドキドキハラハラしたからこそ、わたしは生涯このホームランを宝物のように忘れられないと思うのです。

平和

絵を描くことを生業としております。もうこの仕事は30年以上もやっていますので、気がつけば、かなりのキャリアを積んでいますが、これだけやっているわりにあんまり絵がうまくなったように思えません。でも、子どもの頃から本当に絵は大好きで、広告の裏や、地面に絵ばかり描いて空想にふける目立たない子どもでした。父は公務員でしたが、家に扶養家族が6人もいたので、決して裕福ではありません。新しいおもちゃや洋服など滅多に買ってもらえることはありませんでした。何もないと、かえって空想は激しくなり、何もないので自分で作っちゃおうかな、と、小学校の頃は古いお人形さんの洋服は全部手作りしていました。お着物やドレス、ピンキーとキラーズの衣装を真似したパンタロン……。(時代やな〜)

三姉妹の真ん中で、特に期待されず、気にされず、いい意味でほったらかしでしたので、ひたすら、工作やお絵描き、洋裁、編み物、お菓子づくりなどにふけっていました。「勉強しなさい」と言われたことは一度もありません。これだけはうちのお母さんの偉かったとこだな、と思っています。

学校では、成績もパッとしないし、走るのは遅くどんくさい。だけど絵だけはいつも褒められていましたので、もう絵描きになるしかない、と早い時点で決めていました。小さい紙切れに色鉛筆で、ぞうさんとかお花とか女の子の絵を描いて友だちにあげると、「わたしにもちょうだい、ちょうだい」とクラスの友だちが、喜んでくれるものですから、わたしは次々と描きながら、絵で人気者になれるんだ、と知りました。そのあとも、運動会の看板はいつも描いていたし、文集の表紙絵、先生の似顔絵、活躍できる場はいろいろあり、そんなこんなで引っ込み思案だったわたしも少しずつ自信を持てるようになりました。

人生何が幸せかと考えると、自分の好きなことを一生懸命にする、これ以上の幸せはありません。いつもこれを子どもたちに伝えていきたいと思っています。

が、しかし一旦世界に目をやれば、そんな当たり前のこと、とてもじゃないができない状況下にある子どもたちがいっぱいいます。例えば国が戦争下にあったらどうでしょう。家が焼かれた、家族が殺された。学校へ行けない。食べるものがない。絵を描いていたい？ それどころではありません。強制的に徴兵ってこともあります。かつて、日本もそんな時代があったことをみんな忘れてしまったのでしょうか？ だいたいわたしたちが、自由に好きな道を選んで歩んでこれたのは、その前の時代を生きた人々が、この平和を守っていてくれたからですよね。だから、「好きなこと思いっきりやりなさい」の前に、今、大人であるわたしたちが、この平

←夫の長谷川義史と、このシールを制作、無料配布しています

和をずーっと守っていく必要があると思うのです。これからを生きる子どもたちのために。

周りの人々は皆多忙で、あまり世の中の動きには関心がないように思えます。誰かがいいようにしてくれると思っていませんか？　とんでもない！　危ない、危ない。無関心はイコール戦争に加担していることだって、知ってほしいな。でもそんな話して、ドン引きされたら、と心配……。政治の話は嫌われます。そんなとき、役に立つのが、この『戦争やめて！』シール。「あめちゃん食べる？」のノリで、友だちに渡してあげてください。「子どもたち、み〜んな自由に、好きなこと一生懸命して、幸せになってほしいもんね！」って、平和について話すきっかけになりますように。

餃子

その日夫は出張で、長男は友だちとご飯食べてくると、電話がありました。やった！　ラッキー！　下の息子二人だけなので、早速手抜きをして外食することに。外食と言っても、近所の商店街にある、安くて早くて美味い、三拍子そろった中華料理屋へ行くだけなのですが、食べ盛りの男子にはこれが一番なのであります。

そういう事情でこの店を頻繁《ひんぱん》に利用しているわたしたち家族なのですが、我ながら、わたしたちは、ものすごくいい客だと思っています。なぜなら、こっちもバッチリ三拍子そろっているからです。まず、なんと言ってもはんぱなく大量に注文する。ドリンク類も決して控えめ、ではありません。そして、（ここ大事ですよ）決して長居をしません。食べ盛りの男子はめちゃめちゃ食いますが、親とは全然会話をしません。黙ってひたすら食べるだけ食べて、あと皿にキャベツが少しあるだけという段階で、わたしは一足先にお会計を済ませておき、全員食べ終わったと同時に店を出るのです。どうです？　めちゃめちゃ注文し、静かで、すぐ帰る。三拍子そろっているでしょう。素晴らしいでしょう。

またこの店には、目玉メニューに『とりあえずビールセット』というのがあって、わたしは店に入るとほぼ同時にこれを注文します。お決まり。どんなセットかというと、なんと生中1杯に、からあげ2個と餃子が1人前ついて、ワンコイン500円（当時の値段）なのだ！　すごいでしょう。とりあえず、さっと出てくる。そしてわたしは何も、それを一人で食べるわけではなく、からあげと餃子を息子たちに食べさせ、わた

しはビールを飲みながら、その間に、息子たちにゆっくりメニューを選ばせるのです。さあ、好きなもんを好きなだけ食べろよ、と。何頼んでも安いんだから。誠にええ塩梅《あんばい》。ええ段取り。わたしは『海老マヨ』と『ニラ豚炒め』、三男は『マーボー丼』、次男は『餃子セット』を注文。餃子セットにはチャーハンとミニラーメンと餃子が1人前ついている。また餃子か、もうここにあるやん！　と思いながらも、ま、これは三男が食べといたらちょうど1人前ずつでええな、という暗黙の了解で、先に来た餃子を三男の方へ寄せました。

注文した料理が次々と運ばれ、しばらくすると次男が、「あー！　なんやこれ!?　オレの分ないやんけ！」

『とりあえずビールセット』の餃子がなくなっている！　と怒り出したのです。

「何言うてんの、あんた自分の餃子あるやん」と言いましたが、聞く耳を持ちません。次男の論理では、自分で注文した餃子セットの餃子は自分のもの、わたしが注文した『とりあえずビールセット』の餃子は兄弟二人のものだから、半分は自分の取り分だ！　と主張するのです。

「お前！　オレの分食うたなー！」とすごい剣幕。次男の強欲さにわたしも頭にきて、

「あんた！　自分の分一皿あるのに、まだこっちも食べようおもてんのかー！」とたしなめましたが、次男は負けてない。

「は⁇!　なんでオレが怒られなあかんねん！　オレの分食べてしもたんはこいつやのに！　謝

れ！」

三男はそういう時、必ず黙《だんま》りを決めています。

「どんだけ食意地はっとんねん！　もともとそれは、ママの餃子や！」ヒートアップ。

「なんでや！　おかしいやろっ！　おかしいやろっ!!」

「うるさいわ！　もう一皿頼んだらええんやろ！」

「そういう問題とちゃう！」

「やかましい！」わたしももう頭にきて、振り向きざまに
「餃子一つ!!」と叫ぶと、小さい店内の客も厨房も、水を打ったようにカッチーンと固まって、まるで永平寺の庭のよう。

信じられないくらいのスピードで出てきた餃子を次男の皿にわざわざぶちまけると、ムカムカしながら会計を済ませ、そそくさと店を出たわたしたちでしたが……次回、行きにくぅ〜。

七福神大阪ツアー

わたしもたまには、仕事しています。この春めでたくひさかたチャイルドより『七福神大阪ツアー』（2017年）という子ども向け読み物の本が刊行されることになりました。文章は落語作家のくまざわあかねさん、挿し絵はたっぷりわたしが描かせていただきました。

どんなお話かというと、大阪の街を七福神が慰安旅行に出かけます。遊覧船に乗ったり、商店街で食べ歩き、USJ（ユニバーサルスタジオジャパン）に繰り出したり、天満天神繁昌亭《はんじょうてい》（大阪市にある上方落語唯一の寄席）で落語を聞いたり、の愉快なドタバタコメディです。とにかく、七福神のそれぞれのキャラクターがとてもユニークで笑ってしまいますよ！

元はといえばこの話、くまざわさんの新作落語で、毎日新聞の連載用に書き直したものでありました。先に出来上がった原稿を拝読しましたところ、めちゃめちゃ面白くて、大笑い。文章で声出して笑ったのは久しぶりでした。早速、編集者Sさんに自慢。というのもこのSさん、前々から、

「ぼく、くまざわあかねさんのファンなんですよね～」

と、言っているのを聞いていましたから。

1ヶ月の連載は終了し、これは、絶対単行本化できる！　と、この新聞社に出版の意志がないことを確認し、即、Sさんに話を持っていきました。こういうとき、わたしは迷いがなくて素早いのが取り柄なんです。Sさんにもお話を大変気に入っていただき、満を持して出版の運びとなりました。

さて、このくまざわさんとの出会いは、と言っても実ははっきり覚えていないのです。でしゃばったとこがなく、体が小さいので、なんとなく、そこらへんにいた……なんて言ったら失礼なんですけど……気がついたときには、とても重要な存在になっていた、という。そう、まるで1学期のときはクラスでも目立たない子なのに、3学期になってから急に人気者になっている子、みたいに。

ところで、このくまざわさんのご主人は上方の落語作家、第一人者の小佐田《おさだ》定雄《さだお》先生です。くまざわさんは大学を卒業後、この小佐田先生に弟子入りされましたが、現在は妻となり、立場が逆転しました……というのは冗談のような本当のような話ですが、その活躍たるや目をみはるものがあります。2016年の夏、歌舞伎座で上演された新作歌舞伎『廓噺《さとのうわさ》山《やま》名《な》屋《や》浦《うら》里《ざと》』（出演、中村勘九郎、中村七之助）は、小佐田先生が台本を書かれましたが、その元となったのは、タモリさんが笑福亭鶴瓶師匠に、これ落語にしてよ、とおしゃべりされたのをくまざわさんが書いた、新作落語『山名屋浦里』なんですよ。これも鶴瓶師匠により、口演され、大盛況。この時も、この大阪人の活躍に胸がわくわくしたものですが、そんな今をときめく方と一緒にお仕事できるというのは、また格別に嬉しくて、楽しいものです。

この才能あふれるご夫婦、いつも連れ立って仲が良いので、うらやましくて仕方ありません。この間もお互い忙しいスケジュールの中、わざわざ時間を作って、毎年夫婦で温泉旅館へカニを食べに行っている、というではありませんか!!

「ナニ〜!? カニ〜!?」

羨ましすぎて叫んでしまいました。

「わたしもカニツアー行きたい〜! ダブルデート(古っ)で行こ!」

と盛り上がり、夫のスケジュールを見てみると……ガ〜ン! すでに予定あり。また来年ね、ということになりました。あぁ、クッソ〜、これ書いててまた思い出してしまいました。お土産のカニせんべいを食べながら、来年こそは、この『七福神大阪ツアー』の印税で、ガッツリ豪遊してやる〜!! 夫のカレンダーに、でっかく『カニ』と書き込んだのは言うまでもありません。

小佐田先生
あかねさん

小さな冷蔵庫

正式名称をなんというか知りませんが、わたしはあれが恐いのです。よく旅などに行くと……あるでしょう。あぁ、わたしは旅先であれを見かけるたびに、いつも怯えているのであります。

わたしが初めてあれに出会ったのは、12歳の夏でした。鎌倉へ家族旅行に行くことになり、滅多とない大イベントにわたしたち姉妹は大はしゃぎ。持っている数少ない洋服の中から一番のよそ行きを着て、意気揚々と出かけたのでした。新幹線から在来線に乗り換え北鎌倉へ。銭洗弁天《ぜにあらいべんてん》やあじさい寺なんかを観光して回るだけのことが嬉しくてたまらなくて、ワクワクしたのを覚えています。

夕方になり、お楽しみの旅館へ到着。高級旅館ではありませんが、こぢんまりとした気取らないお宿。わたしたちには充分でした。一日歩き回って、お腹ぺこぺこの喉カラカラ。部屋を見渡すと、隅に見たことのないような小さい四角い冷蔵庫が。開けてみると、中に小さな棚が縦横にあって、その一つ一つの部屋にビールやらジュースなんかがよく冷えて並んでいました。

が、中に何やら見かけぬものがありました。「何だろう?」と思うのと同時に、わたしはそれを棚から引っ張り出していました。ガチャン! と入口が閉じられる音がして、みんなが一斉にこちらを振り向きました。見てみるとそれは、筒状の透明プラスチックケースに入っている、金紙に包まれた『カツオのおつまみ』でした。

「あんた! 何しとる⁉」

「あー! 勝手にこんなもの!」

「わー! 400円もするわ!」

「高ーッ!」

「バカか! お前は!」

「こんな屁みたいなものが400円か!」

「もう戻りゃあせんよっ!」

「いっつもいらんことばっかりする子だよ!」

「あ〜、もったいない。ジュースならまだしも」

「こんなもの誰も食べやせんに!」

「人の目を盗んですぐにこれだ!」

「こんなもん、そこらで買ったら半分もせんわ」

「ほんっとに、ろくでもない!!」

人の失敗に容赦なし。みんなから責め立てられて、半泣きに。新鮮な海鮮のお造り、天ぷらの盛り合わせ、そのあとの懐石料理は、味がしませんでした。

翌朝、まだ昨日の落ち込みから脱出できないでいましたが、姉の提案で「一応、フロントで返品可能か、尋ねてみれば?」ということになり、恐る恐る、

「あの〜、これ〜すみません〜、間違えて〜」と言いかけたところで、

「あ、はい、いいですよ」

と思いの外あっさり返品することができ、事なきを得たのですが、わたしの心中はもやもや。なんだこんな事なら何もそんなにみんなで寄ってたかって叱らなくても、という恨みと恐怖で、その小さい冷蔵庫がトラウマになってしまいました。

結婚して何年か経ち、ふと出かけた家族旅行で、今ではもう珍しくなったあれがありました。するとで夫は、そこから平気でビールを取り出して飲んでいるではありませんか。「パパ、よくそんなことできるね!」と、わたしがトラウマになった話をすると、大ウケして、

「ビールでもつまみでもどんどん出して飲んだらええがな、いくらでも飲め」

と言いました。この人と結婚してよかった、と思った瞬間でした。恐る恐る引っこ抜いて、飲んだビールはとてつもなく美味かった。

ツギハギ荘

本業の傍ら、席亭をやっています。席亭ってなんだかご存じですか？　実はわたし極最近知ったのです。寄席を経営、主催する人のことです。初めは、そんな大それたことをするつもりではなかったんですが、次第に人から〝席亭〟と言われるようになりました。

というのも元はと言えば、我が家の引っ越しが始まりです。わたしたち家族５人は、天神橋筋商店街近くの古民家に住んでいました。この家は築55年ほどの木造の建物で、乾物屋さんの作業所兼住居だった家です。その前は近くのマンション住まいでしたが、３人目の子どもが生まれ、さすがに手狭になってこの古い家に移り住みました。作業所だったところをわたしたち夫婦の仕事場に、２階の小さな部屋の壁を全部ぶち抜いてリビングにし、天井も取っ払うと大木の姿を残したままの太い梁《はり》が現れました。こういった梁は昭和40年くらいまではよく使われていたそうですが、それ以降は角材を使用するようになったということでした。初めての一軒家ということでいろいろ遊びのある家がいいな、と、玄関のドアには赤、青、緑のステンドグラスをはめ込み、朝は外の明かりがステンドグラスを通して家の中に差し込み、夜は家の明かりが表から3色に透けて見えるようにしたり、ビー玉を埋め込んだ土間、薪ストーブやレンガで作ったアイランドキッチン、まるでどこかの山小屋に遊びに来たみたいです。子どもたちは家にすべり台を作って欲しいというので、どうやって作ろうか、真剣に考えました。幾ら何でもスペースを取り過ぎてしまうので、天井の梁に太い竹をくくりつけて、すべり棒を設置。うちの三兄弟を始め、その友だちがどれだけ登ったり降りたりしてくれたことか。子どもにねだられて犬も飼いました。三兄弟と柴犬はみんなこの家で遊んで食べて、大きくなりました。当時、元気いっぱいの三兄弟を育てるのは心底大変でしたが、今ではこの時が人生で一番幸せだったな〜と思っています。

10年の年月が瞬く間に過ぎ、子どもたちも成長しましたが、仕事も同じ場所でしているということもあって、今度はまたその家が狭くなってきました。小さい部屋に男子3人は窮屈すぎて、寝る場所もみんな同じ。真横に汗臭い高校生の息子が寝ているとギョッとします。おまけに隙間風が寒くて寒くて、遊びに来た友だちが上着を最後まで脱がなかったほどです。まぁ、それでもわたしは、そのうち子どもたちは家を出ていくだろうと気楽に考えていましたが、夫がまた引っ越しをすると言いだしました。確かに今の仕事部屋は陽も当たらず、寒くて、資料や額縁だらけで打ち合わせをする場所さえなくなっていましたから、仕方ありません。しかし、思い出のいっぱい詰まったこの家をどうしても手放すのが嫌で、かといって空き家にしておくわけにもいかず、苦肉の策でレンタルスペース『ツギハギ荘』を始めたのです。古い家をツギハギして造った家なのでツギハギ荘です。「長くつ下のピッピ」の家と同じ！ リビングは結構広いので、イベントができそうでしたし、和室などでちょっとした教室もできます。以前から興味のあった方に来ていただいてライブを企画してみようかな、と、楽しい妄想を駆け巡らせ、それが少しずつ実現していきました。キャッチフレーズは、こんなことやってみたい、という『みんなの夢を叶えるツギハギ荘』です。

場所が繁昌亭に近いということから、落語家さんたちが小さい落語会を開いてくれるようになり、ありがたいことに大した宣伝もしないまま口コミでどんどん広がっていきました。今では、本業の絵に差障りが出るほど、毎月面白い落語会が催されるようになりました。また、2017年に桂歌之助さんが芸歴20周年を記念して『歌之助やけくそ二十日間』という20日間ぶっ通しの落語会を開催したことで一気に知られるようになり、あ〜、絵を描く時間がないっ！（うれしい悲鳴）こうなったらもう席亭に徹してがんばります！ と、ほとんど道を踏み外し状態。是非みなさん、ツギハギ荘に遊びに来てくださいねー。

ツギハギ荘

追っかけ（その1）

わたしが朝からバタバタと何をしていると思いますか？　電話です。仕事の依頼が殺到して～、んなわけありません。今日が、わたしがめちゃめちゃ追っかけしているミュージシャンのライブチケット発売日なのです。原稿の締切日を忘れても、わたしはこの日を忘れません。早起きして家事を済ませておいて、気合いを入れて、10時の発売時刻を待つのです。正直、夫が仕事で早く出かける日より気合い入ってます。気の毒な話……。

2～3分前から一応かけてみます。電話番号が間違っていたらいけないし、電話機が壊れていたらいけないでしょう？

プルプルプル～ガチャ

（かかった！）

「こちらは◯◯◯チケットセンターです」

（よっしゃ～間違いない）

「営業時間は午前10時から午後6時となっております。こちらは……」

（あ、まだか。もっとギリギリな方がいいかな？　その間に急いでトイレに行っておこう）

さて、リダイヤル。

プルプルプル～ガチャ、「こちらは〇〇〇……」

（まだ早かった）

一旦切って、リダイヤル。

……プープープー
（わ～～～!!!　しまった！　さっき、切らなければよかった！）

ではもう一度。

プープープー
（が～ん）

プープープー
（ああ！　ショック！）

ここんとこ10回繰り返し、だんだん不安になってくる。やっぱり人気ライブだし。電話でなんて無理かも。同時にパソコンからもアクセスしてるが、〝ただいまアクセスが大変混み合っております。トップページにお戻りください〟の表示。どうしましょう。今からコンビニチケットに走っても同じことだ。こんなことしているうちにもう15分経ってしまった。午前中に大阪民主新報のエッセイを書いてしまおうと思っているのに……締め切り昨日だったのに……どうすんねん!! どんどん時間が過ぎていく〜。

それにしても、プラチナチケットはもう無理だろうな……。こういうとき、わたしは一番高いチケットを買う! いい席で観た方が何倍も楽しめるから。日頃、あっちのスーパーの方が卵が10円安い! と一目散に走っているわたしが、1万円のチケットを迷わず即買う!

いよいよ、全然かからないので、強い念を送ってみる。

プープープー

(やっぱり無理か)

プープープー

(ああ! 神様〜!)

プルプルプル〜ガチャ

(やったーー!! かかった!)

こうして、なんとかS席の12列目をゲットすることができ、もう本当に嬉しくてたまりません。

「やった〜! 心配したけど、まぁまぁいい席取れたわ〜。わーい!! わーいわーい!! わたしライブの日まで、もんのすごい嫌なことがあっても絶対死なないし! 健康にも気をつけて、

ピポパポ
ひっし!!

万全な体調でライブ行くんだ！」

「そんなに楽しめていいね」と横で一部始終を見ていた夫も呆れ顔。そうです。こんなに前向きに楽しくなれて、幸せになってやる気が出て、ご機嫌になって元気になれる。この計算でいくと、1ヶ月に一度これをおこなえば、かなり長生きできて、死ぬまで幸せでいられるという計算になります。そしていよいよ死ぬときには、「あ〜来月のあのコンサート、チケット買うてあんのに観られへんやんかー！　口惜しや〜！」と言って死ぬのです。どうです？　チケットの1万円なんて、安いと思いませんか？

あ、原稿もできたわ。

追っかけ（その2）

わたしが三度のメシより好きなもの。それはミュージカルです。ミュージカル、と聞くだけで、あの大袈裟な？　と毛嫌いする方もいらっしゃるかとは思いますが、ミュージカルの一体どこが面白いのかをご説明しましょう。まず、物語の中に自分の心にピターっとくるいい台詞があったとします。例えば『このままの僕を愛してほしい』。このように文字で記しても、なかなかグッときますが、文字だけでは本を読んでいるのと同じです。次に、これを誰かが演じて声に出して言ったとすると言葉は魂を持ちます。そして、この台詞に壮大なオーケストラの演奏でメロディが加わると、さらに立体的に心に響きます。そして！　ここからが一番重要なとこですが、これを自分のめちゃくちゃ好みのタイプの男性が人並み外れた歌唱力でもって、歌い上げてくれるのですよ。『このままの僕を愛してほしい』が燃える弾丸のように心に飛び込んでくるのです!!

これを体験した時には、もう脳天に雷が落ちたかのような衝撃です。こんな衝撃は普段の生活ではまず出会うことはありませんよね。もう体中の血液が駆け巡り、目の周りの毛細血管にまで血液がほとばしる快感で、病みつきになるというわけなのです。

普段、ちょっとした用事でも、なかなか重い腰が上がらないものですが、いざこれが追っかけとなると話は違います。東京公演の時は大阪から一人日帰り観劇ツアーを決行します。夫を仕事に子どもたちを学校に送り出して、猛ダッシュ。新大阪から新幹線に飛び乗るとき、まるで家族を捨てて恋人の元へ走るかのような高揚感です。でも本当に恋人の元へ走るわけではないのですから、とても健全でしょう？

間もなく新幹線は東京駅に到着。脇目もふらずに劇場へ走ります。実はこの舞台、2回目なんですよね～。え、また～？　同じもの観て面白い？　と思われるかもわかりませんが、舞台は生き物です。毎回違います。前回より進歩している点や、アレンジを加えている点、役者さんがこなれてきてアドリブを入れたところなど、ちょっとした違いを発見するのも楽しく、また、お気に入りの場面をまったく同じように演《や》ってくれるのも嬉しいのです。許されるなら、初日、中日、千秋楽と3回観たいのです。

実は今回、1回目はちゃんと夫にも報告しましたが、さすがに同じもの2回は言い出しにくく、秘密で来ました。道に迷って無駄な時間を使わないように入念な下調べでスムーズに入場。トイレもすませ、オペラグラスを首にぶら下げる。前から6列目でもさらにもっとよく見たいところもあるんです。衣装の生地の質感や、役者さんのお肌の調子までチェックしたいのです。

そんなこんなで無事3時間弱の舞台を堪能し、胸がいっぱい。あぁ、来てよかった。生きててよかった〜。感動〜！

帰りの新幹線で、今回の東京公演観劇につき、チケット代に加え交通費、パンフレット、劇場版CDやグッズ……なんやかんやとこのミュージカルにかなりのお小遣いを使ってしまったことをやや反省するも、すぐにまた都合の良い考えに辿り着き、「そんなものいいじゃない、誰に迷惑をかけたわけでもないし、おかげで身体中に元気がみなぎって生き生きと暮らしていける！　これは多分美容と健康にいいはずだわ！　エステ行くよりつやつやになって、アリナミン飲むより100倍元気が出るんだから！」と自分に言い聞かせるのです。

新大阪からは、もちろんどこにも立ち寄らず、直帰。夫はまだ帰ってきていません。セーフ！　大急ぎで超かんたん料理を作り、さも何もなかったかのような様子で晩御飯、片付けをして1日が終わりました。しめしめ、夫は何も気がついていないようだ。妻に興味がない、というのもこういうときは助かる。

布団に潜り込んで、今日の舞台をはじめから通しで頭の中に流して見ます。じゃわ〜っと感動が蘇《よみがえ》りニヤニヤ。こうして牛の反芻《はんすう》のように何度も何度も噛み締めて、半年間楽しんでいるというわたしです。幸せだわ〜。

このこと絶対うちの夫に秘密ですからねー。

あはは
おかえり〜
ただいまー

三人兄弟

子育てのポリシーを聞かれ、必ず答えるのは、『平等であること』。なんせうちには、2〜3歳の間隔で男の子が三人いるのですから。誰か一人を特別扱いというのはご法度なのです。だいたい自分自身も三人姉妹の真ん中で、常々ないがしろにされている感がありました。やはり長女は跡取りだということで、何かと大切にされ、ことあるごとに新品を一式揃えてもらっており、わたしはそのお古。妹は年も小さくとにかく可愛いのでいつもお母さんを独占していたように思います。

ある日のこと、母は妹だけを連れて実家に帰りました。姉の帰りが遅く、晩御飯は、その時中学生だったわたしが作りました。たいして上手に作れないので、父に怒られたことを覚えています。多分、実際料理はまずいし、母が実家に帰って遊んでいるのが気に入らなかったのでしょう。二日後、母は上機嫌で帰宅し、百貨店の包みを開けて「可愛いのがあったから買っちゃった」と、一緒に連れて行った妹の新しいワンピースを出して見せました。わたしのワンピースはありませんでした。とっても可愛いワンピース。この時は許せない気持ちでしたが、単純に父も母も子育てがどうこうよりも、自分の気持ちに正直だったんだなぁ、と今は思います。この苦い思い出を胸に、常に『平等』を心がけているというわけです。

例えば大皿にからあげが山盛り私たち家族の前にバーンと出てきたとしましょう。子どもたちは箸をつけるより先に、一斉に私の顔を見ます。わたしは瞬時に全体の数をざっくり把握し、「一人5個!」と号令をかけます。子どもたちはそれを確認すると、よし! とからあげを食べ始めます。キッチリ5個、忠実にそれを守り、もし1~2個余ったとしてもちょろまかして6個食べる子は絶対いません。そこんとこ、めちゃくちゃ真面目です。そして、その余った1~2個は、揚げ物はちょこっとでいい夫がゆっくり食べます。これが我が家の絶対ルールです。どんなルールやねん。

先日、PTAの集まりがありまして、会議が終わったところでティータイムが始まりました。お茶とドーナツが一つずつ。こういう時、母親というものはすぐに子どもの顔が浮かぶものですよね。自分が食べるより、子どもに食べさせてあげたいなぁ……どこのお母さんも一緒ですよね。ドーナツなんて、すぐ買えるし、珍しいものでもないのに、おかしいですね。でも1個か~、持って帰ったら誰にあげるかで喧嘩になるし、食べてしまおうかな。

そんなことを思っていると、数が余ったからともう1個回ってきました。あ、あ、あ、さらに困る。2個! 持って帰って誰にあげなかったかがばれたとき、それはそれはもっと恐ろしい喧嘩が始まるのです。
う〜ん、どうしよう！
え〜い、食べてしまえ！
無理やり2個も食べて、胸やけ&カロリー摂りすぎで、後悔しか残りませんでした。

　あ〜、失敗失敗。帰りにスーパーマーケットに立ち寄りお買い物。晩御飯の材料とともにおやつも何か……ドーナツはもう顔も見たくないし、というかここでもう1個買えばよかったわ、今頃思いついても遅いけど。ア

イスクリームでも買いましょう、もちろん三つ。こういうとき、モナカ、キャンディ、カップ、などといった種類の違うアイスを買ってはいけません。同じ種類のものに決まっています。特売のカップのアイスクリームでちょうど、バニラと抹茶とチョコレート味があったので、一つずつそれを買って帰りました。

「アイスクリーム買うてきたよ」と買い物袋をテーブルの上に置くと、まず一人が「抹茶にする!」と、もう一人が「あ、ぼくも抹茶がいい」「何で? チョコレートも美味しいよ。バニラもいいわ。ママはこれがいいと思う」と、勧めてみたが、するともう一人も「ぼくも抹茶!」「何やねん、チョコレートでもええやん」「え〜、何でぼくだけ言われなあかんねん、だいたい何でこいつが先に選ぶねん!」

しまった! しくじった! 間違えた! 抹茶、抹茶、抹茶、これが正解だったのだ!! せっかく買ってきてあげたのに、またこんなことになってしまって、大失敗。喧嘩はいつまでもわぁわぁ、わぁわぁと続き、あ〜面倒くさい! うるさい〜!!

「いい加減にして! もう、食べんな! 全部ママが食べる!」

どんぐり工作室

人はみんな子どもの頃、お絵描きの天才でしたよね。それなのになぜ、ほとんどの大人は絵を描かなくなってしまったのでしょうか？　下手でもいいから何か描いて、とお願いしても、なかなか手が動きません。下手なら下手なりに、絵は人を和ませ、とても可愛いものなのに……。

いったいどの段階で絵が描けなくなってしまうのでしょうか。まず、ものごころついて、クレヨンを握り、壁や床に描き描きしてしまう頃、これは天才芸術家です。何の衒《てら》いもなく、心の赴《おもむ》くままに手を動かしています。やや成長して人の顔とか、何かの形を表すことができる3、4歳。みんなとってもお絵描きが大好きです。筆使い、色使い、自由で大胆で、こちらが圧倒されます。

小学校に入ると、何となく図工が好きな子と嫌いな子が分かれますよね。好きな子は相変わらずどんどん描いていきますので、よしよしそのまま行っちゃって！　って感じですが、嫌いな子はいったいどうしちゃったんでしょう？　そういえば学校に入ると、図工に点数が付けられます。信じられません。点数を付けている人は絵のことなんにもわかってないのに。それに全員、袋詰めになった教材で同じものを作らされています。出来上がったものは全部同じに見える……。だってその通りに作らないと点数が悪くなるんですもの。個性が殺されてる。わたしは小学校の作品展でこのようなものを見ると、いつも気分が悪くなります。点数を悪く付けられてしまった子は、もう自分はダメなんだ、って諦めて、自信がなくなって、手を動かすことをやめてしまうんですよね。本当にもったいない。本来芸術に点数は付けられません。それをいいと思うかどうかは千差万別、自由でいいじゃありませんか。日本のこの美術教育はどうかしてると思いませんか。ほんとうに大勢の天才を潰しまくってるんですよ！

わたしは月に1回、近所の子どもたちを集めて、『どんぐり工作室』を開催しています。毎回ざっくりしたテーマを決めて、空き箱や色紙、梱包に使われているリボン、布、フタなど、あらゆる材料を使って、自由に工作をやってもらっています。途中で作りたいものが変わっていっても、もちろんオーケー。こちらが思ってもいないやり方を編み出す子もいて、びっくりします。そんな時は「すごいね！　わ～これはいいアイデアだわ！」とか「この色使いはとってもセンスいいね！」「めっちゃ上手！　びっくり～」と褒めまくり、どんどんはみ出していってもらいます。ここが大事なとこなんです。本当にみんないいものを作ってくれるんですよ。子どもたちも、このどんぐり工作室を気に入ってくれていて、「明日どんぐりの日だって言うと、嬉しくて夜大はしゃぎしてるんですよ」とか「幼稚園の工作だと、ぽいと作品を渡すだけなのに、どんぐりの工作は自分で作った作品で、ボロボロになるまで遊びたおして、ここはどうやって作ったとか工夫を凝らした苦労話をいつまでも聞かせてくれるんですよ」と、いつもお母さんたちから嬉しい報告を聞かせ

てもらっています。きっと子どもたちは、決められた型に向かってやらされるのではなく、やりたいようにやっても誰からも止められない、っていうところが面白いんだと思います。手を使ってこしらえながら、どんどんイメージの世界が広がっているんですね。

わたしはお母さんたちに言うんです。「それじゃ、新しいおもちゃを買わなくていいね」って。案外なんでも先回りして与えすぎていることで、子どものイメージの世界を狭めてしまっているのかもしれませんね。わたしの場合、ほとんど新しいものを買ってもらえなかっただけに、ほとんど想像力で賄《まかな》っていました。今は、それを頼りに仕事をしているんだから、逆境が功を奏したと言えなくもありません。

そして、わたしがここでお母さんたちに一つ注意してることは、「手を貸してあげないで」ということです。よくお母さんの方が子どもの作品を奪い取って作り出してしまうことがありますが、子どものためにしているようで、それは、その瞬間に子どものイメージの芽を摘んでいる！　ってことを知ってほしいのです。なのでお母さんたちは隣の部屋でお茶しながら、おしゃべりをしてもらっています。お母さんも子育ての大変な時、ちょこっとストレス発散する場所も必要ですもんねー。

失恋

わたしが40という年齢を過ぎたとき、「あぁもう人生のターニングポイントを回ってしまった。あとは加速度をつけて転がり落ちるだけだ。もう女としてもどんどん汚くなっていって、新しく友だちができるとか、まさか誰かを好きになって、ときめく、なんてことは、まずないだろう」と思っていました。

ところが、ある時気がつくと、ある人のことが頭から離れなくなり、暇さえあるとその人のことを考えるようになっていました。胸が苦しい……、これは恋!?　が、しかしわたしは家庭のある身、家族をとても大切にしていますので、どうこうしようという気は更々ありませんが、ただもうこうなると苦しいのです。

そして、なんとかこの気持ちを相手に伝えたい、と思ってしまうのです。伝えずにいられないのです。表現者ですから。でも、こんなオバハンがいきなり「好きです！」と告白したらドン引き間違いなしですよね？　それを回避するために何か良い方法はないのかーと、考えに考え抜いた結果（暇か？）、良い方法を思いつきました。知りたいですか？　お教えしましょうか？　例えばみんなでワイワイガヤガヤと居酒屋のようなところにいたとします。そこで頃合いを見て「〇〇さんはそんなに仕事もできるし、男前なんで、おもてになるでしょう？」と聞きます。するとまずほとんどの人は「いえいえ、そんなことはありませんよ」と言うでしょう。そこをさらに「うっそ〜、もてるはずやわ。来世ではわたしと一緒になってね、とか言われてるんちゃいます？」とつっこみます。「いやいや、ないない」と相手が言ったとき、「じゃ、は〜い」とニコニコ笑って挙手をする。一同、ワハハ、と笑う。……どうです？　我ながら名案です。

早速これを実践すると、なんと相手もわたしのことを悪しからず思っていたというではありませんか！　二人は一気に泥沼に足を踏み入れます。こっそりと密会の約束をし、いてもたってもいられず約束の場所へ飛んでいきます。もうわたしは夢中になりすぎて、仕事どころではないのです。連載も放ったらかして、秘密の小旅行。サンダーバードで金沢にホタルイカを食べに行くのです。でも、お互い幸せな未来が待ってはいないということは、大人がゆえに重々承知。もうこんなこと、やめておこう、とわたしは避けられるようになり、ひつこいわたしはついに嫌われ、悶《もだ》え苦しむのです。あぁ、失恋……。わたしは何てバカなんだ、申し分ない家庭がありながら、道を外れて、しかも捨てられ、惨めにもほどがある。人として恥ずかしい！

いい歳こいて失恋をしたわたしは、自ら相手のメールアドレスを迷惑メールに設定しアドレス帳から削除、電話も受信拒否に。あとは別れても、わたしががんばって生きていることをどこかで見つけてもらうために必死で仕事をがんばります。だってわたしには仕事しかないんですー!!

さて、これまでのできごと、告白~泥沼~失恋の部分、妄想ですよー。友だちには、普通うまくいくとこまでは妄想するけど、駄目になるとこまで妄想してるってすごいね、と言われます。そして、そのあとのアドレス削除、受信拒否、これは実際にやってしまうのです。なので、わけもわからずある日急にわたしにメールができなくなっていた、という男性の方がいらっしゃいましたら、あぁこれか、と思ってください。

それで今、めちゃくちゃ仕事に打ち込んでいます。仕事があってよかった。どんなときでも仕事が助けてくれます。わたしにはもう仕事で立ち直るしか方法が見つからないからです。失恋は人間を強くしますね。ここの部分、本当です。全く何にもなかったのに仕事しまくってます。

こんなわたしも50を軽く超えたとき、さすがにこんな遊びもう終わりか……、とがっくりしましたが、意外とそうでもないです。なんとなく、60でも70でも恋はできそうな気がしています。まぁ平和な話ですけどねー。

ラーメン

子どもたちが映画に行こう、と言います。まぁ、たまにはそれもいいか、と次の日曜日行くことに決めました。すると、翌日、近所の友だちTくんも誘ったけどいい？　と聞いてきました。まぁまぁ、仲良しのいい子だし、「いいよ」と答えると、また次の日、そのまた隣のSくん兄弟も行きたいと言ってる、と言ってきました。息子もTくんもあまりの嬉しさに、ついこの計画を喋ってしまったんでしょう。まぁまぁまぁ、いいでしょう。でもTくんとSくん兄弟を誘って、Mくんを誘わないわけにはいかない。このメンバーは本当にヨチヨチ歩きの頃から一緒に遊んでいた仲間なのです。Mくんはこちらからお誘いすることにしました。

待てよ。するとうちの子だけでも男子3人、Tくん、Sくん兄弟、Mくん、で総勢7人になってしまった。わ〜〜!!　まるでソフトボールチームの監督かなにかになったような気がする〜〜。えらいこっちゃ!!　でも、ちょっと嬉しい。それにうちの長男と、MくんとSくん(兄)は、今年小学校卒業で、中学に入ったら、もう前みたいに遊ぶこととかなくなるかもしれないもんね。

わたしはこの子たちをちっちゃい時から見てるので、みんなかわいい。楽しい思い出づくりのために張り切って計画を立てました。映画を見ながら、全員にポップコーンを買ってあげよう……みんな喜ぶだろうな。うふふ、楽しみ～！

当日、自転車で集合して映画館へ。途中信号もいっぱいで、車にも充分注意しないといけません。いつもこのあたりをうろうろしてる子たちなので、それほど心配はありませんが、「みんなー！　1列に！」「左によって！」とバカでかい声で号令をかけながら、なんとか映画館に到着しました。エレベーターに乗るにつけ、切符を買うにつけ、いちいち点呼をとって、座席について一安心、と思いきや、三男がポップコーンをぶちまけ、大惨事。「あ～もう～……泣くなって、もう1個買ってあげるよ～」しゃがみこんで片付け。「あ、トイレ連れて行くの忘れてたー！」わたしは始まる前からヘトヘトになりました。もうほんと大変。

映画もよかったし、帰り道もみんな楽しそうで、そんな7人を見ていると、自分もとても幸せになりました。このまま帰るのは、寂しいな。「よ～し、今からみんなでラーメン食べに行こう！」「わーい!!」みんな大喜び。かなりの出費になるが、わたしは最高の日曜日を子どもたちにプレゼントしたくなったのです。「みんな好きなもの注文して～。チャーシューメンもあるよ～」「僕チャーシューメン！」「醤油ラーメン！」「塩ラーメン、煮卵入り！」みんなは口々に叫んでいましたが、一人だけ「いらない」という子が……Sくん（兄）だ。「どうして？　遠慮しなくていいよ」「下痢してお腹が痛い」「ぇ？　お母さんからそんなこと聞いてないよ」。本当にSくんは病気なのか、弟に聞いてみると「うん、この前病気やったけど、今はもう普通にご飯食べてるよ」と言う。やっぱり〜、Sくんは、子どもだけど、めちゃくちゃ優しくて神経細やかな、気をつかう子なのです。一生懸命説得したが、頑として注文をしてくれませんでした。他の子どもたちは無邪気にラーメンを食べていましたが、わたしは胸につかえてしまって、美味しくありませんでした。

無事にみんなを送り届けた後、Sくんのことが気になって、お母さんに電話をしました。すると、すべてわかっています、というように「うんうん、そういう子やねん。今日はありがとう」とだけ言われました。Sくんは外食に行くと一番安いものしか注文しないという話、前にも聞いたことを思い出しました。

わたしは時間とお金を費やしてみんなを喜ばせ、いいことをした気になっているが、自分がいい格好したいだけじゃないか。Sくんに、その浅はかさを見破られ、突きつけられたようで、自分の傲慢さに恥ずかしくなりました。本当に人のためにいいことをするって、どういうこと？　やっぱラーメンはやめとけばよかった……。

今でもときどき思い出してみるのです。子どもたちはあの日のことをどんなふうに思い出しているのかなぁ。

名前

女はいくつもの名前を持っています。まぁ、子どもの頃は、親がつけてくれた名前で暮らしています。ニックネーム、愛称というのもありますよね。結婚すると苗字が変わり、名前どころか、「奥さん」、子どもができると、「○○くんのお母さん」と呼ばれたりして、名無しになることもしばしば。

わたしもたくさんの名前を持っています。まず、親がつけてくれた名前、ペンネーム、結婚して相手の姓になり、ニックネームも5種類くらいあります。それぞれ違う名前で呼ばれるたびに、それぞれの人格があるように思うのはわたしだけでしょうか。たくさんの名前を持っているわたしはいわば多重人格です。仕事をしている「あおきひろえ」は、明るく張り切りすぎています。「○○くんのお母さん」はとても自然体で子どもだけを愛する人。この人は我ながら気に入ってます。

実は、名前の中でとても気に入らないものがあります。それが、親がつけてくれた名前。そんなバチ当たりな！　と、思われる方も多いと思いますが、まぁ、わたしの話も聞いてください。たいていの子どもはよく親にこう聞きますよね？「ねぇ、お母さん、わたしの名前、どうやってつけたの？」「うん、優子ちゃんはね、優しい子になるようにってつけたのよ」的な。ほとんどの親は、その子が幸せであるように願いを込めて、何らかの名前をつけてるものだということは、子どもだって知っていますよね。ご多分に洩《も》れず、わたしも母に聞いてみました。

「ねぇ、どうやってわたしの名前つけたの？」

「あぁ、Kちゃん（わたしの姉）の名前を、占い師に頼んでつけてもらったときね、五つくらい候補があって、一番いいのをKちゃんにつけたんだけど、あと残ってんのもったいないから、その中からつけといた」

が〜〜ん！

その生年月日から判断する占い、明らかにKちゃんのだね⁉︎　まさかまさかの返答に、子どもながらに、いや、子どもがゆえに大変なショックを受けたことは言うまでもありません。たとえ嘘でも、そんなことは隠して作り話するべきではないでしょうか？　うちの親、本当に変わってます。それ以来、どうも自分の名前が好きになれません。そうです。この本名のわたしは、愛されていない、ちょっといじけた子どもなのです。

わたしは、小学生の頃から勝手にペンネームを使うようになりました。今でも引き続き使っている、ひらがなで「あおきひろえ」というやつです。昔持っていた絵本の作者名が、ひらが

なで印刷されており、絵本作家っていうのはみんなひらがなで書くんだ〜、と子ども心に思い込んでいたものですから、学校のテスト以外、持ち物、個人的な手紙やメッセージには、このペンネームを使っていました。その後、本当に仕事でこの名前を使えるようになり、わたしの本名を知らない人の方が多くなってきて喜んでいましたが、やっぱり、ちゃんとした書類には本名を使わねばならず（当たり前）、結婚して相手の姓に気に入らない名がくっついた名前は、字面も憎たらしく、見るたびに、書くたびに苦々しい気持ちになっていました。

そんなある日、妹尾河童《せのおかっぱ》さんが、このペンネームを本名に改名されたということを知り、わたしは一大決心をしました。よし、もう名前は捨てる！　早速、家庭裁判所に出向いて、これまでの心的外傷を訴え、実生活で「あおきひろえ」がどれほど浸透してるか、ということを証明するために、出版本やら消印付き手書きの手紙などをかき集めました。一番有効だったのは、実の父がわたしに宛てた手紙で、仕事を始めた30年以上前から、このペンネームの「ひろえ」を使ってくれていたのです。

こうして、めでたく改名したわたしは、まるで生まれ変わったかのように晴れ晴れし、空も青く見えました。保険証も貯金通帳もキラキラ輝いて見えます。いじけた子どものわたしとはさようならをしました。わたしは、わたしとして元気に生きているわたしになって、これからも生きていくんです。

幸せになる方法

人は誰でも、できれば幸せになりたいと願っています。間違いないですよね？　わざわざ不幸になりたい人はいません。わたしも常々、どうやったら幸せになれるか、飽《あ》くなき追求をしています。

『幸せ』という形のない数字で計れないものは、各自の捉え方によって全然違います。例えば、スーパーへ買い物へ行く途中、一回も信号で止まらず到着できたとき、その日がキャベツの特売日だったとき、ちょっと幸せを感じませんか？　なんだか1日楽しく過ごせそう、という気にもなります。こういう小さくても確かなる幸せを『小確幸《しょうかっこう》』と呼ぶ、と昔、村上春樹さんがおっしゃっていましたが、この小確幸をたくさん集めたら、かなり、幸せになれそう……な気もします。

いやいや、そんなことでは満足できないという人もいっぱいいるでしょう。単純に、生まれつきめちゃめちゃ美人。または、お金持ちになる！　スターになって不動の人気を得る！　仕事で成功して名声を高める！　リーダーになる！　つまり一般から少し秀でた存在になるということかな？　これはちょっと気分がいいかもしれません。でももし、そんなにお金持ちだと、遺産相続で兄弟と争って憎しみあうとかよく聞く話。だいたい、そんなにお金があるとおちおち家を留守にできないではありませんか。ではスターになると？　これまた気が抜けない。いつも人に見られているので、ぼーっとしただらしない格好では外を歩けなくなり、行動が制限されます。どちらも自由さに欠けるな～。では、仕事で大成功!!　憧れますが、ここに行き着くまでには、かなりの努力が必要です。睡眠時間を減らし、家族を犠牲にし、ひょっとしたら忙しすぎて、結婚のチャンスがなかった、ということもあり得ます。実際、体がしんどそう。ストレスで病気になるかも。では、一国のリーダー、戦争をしようとしているあの人、とてもご自身は幸せそうに見えません。

毎日愛する家族とのんびり散歩をしつつ、シロツメクサを摘みながら、誰にも干渉されず、そこそこお金持ちで、ルックスも良い。仕事も忙しく人気者、行く道々一回も信号に引っかからなかったー、な～んて。……あり得ませーん！　時間は平等に流れているのだからぜーーったい無理！　です。考えれば考えるほど、何が本当の幸せなのかわからなくなってきました。いつもこうして、わからなくなるのですが、また幸せを求めてしまいます。ということはわたしは幸せではないのでしょうか？　あ、堂々巡りだ。

そんなある時、友人のMさんを見て、はっと気づいたことがあります。とても簡単なことです。それは、「あの人、幸せそうだな〜」と思う人のやり方を真似すればいいということ。そう、Mさんはいつお会いしてもニコニコして、周りをいい空気にしてしまうのです。とにかく誰にも優しい。家族が仲良しで、先日などは、ご主人と手をつないで歩いている後ろ姿がFBに掲載されてて、わーっとびっくり羨ましくなりました。そして、好奇心が旺盛で行動的なので、話題豊富で面白い。出会った人はみんなMさんが大好きになってしまいます。できたらあんな人になりたいのです。早速やってみることにしました。

好奇心はもともと旺盛なので、良しとして、キーワードは『笑顔』。鏡を見てみると、眉間に縦のラインが2本くっきりついているではありませんか！　まずい!!　わたしは必死で伸ばして、これでもかっ、の作り笑顔の練習をしました。たとえ作り笑顔だとしてもえらいもんですね。結果はすぐに現れました。ニコニコ挨拶しただけで、肉屋のおっちゃんが卵を1パックも！　おまけしてくれたんですよ。すごいでしょう。仕事にももちろん通用します。この人とまた仕事したいな、と思える笑顔を作るのです。笑っていると自然と優しくなれるし、優しくすると優しさが返ってきます。好きな人が喜んでくれるとわたしも幸せ。『笑う門には福来る』です。よし、がんばって続けよう。

で、あとは『主人と手をつなぐ』か。う〜〜ん、こればっかりは酔った勢いでないとできませんなー。

お弁当

うちには息子が3人います。それを言うと、ほとんどの人が「わ〜、食べさすの大変だ！1日お米何合炊くの？」と聞いてきます。あの、申し訳ないんですけど、米じゃないんです。おかずなんです。そりゃあ、わたしだってお米さえ炊いておけば、なんとかなるんだったら、1升でも炊きたい。しかし、今日びの子は『おかず喰い』なんですねぇ。それも絶対肉なんです。わたしがどれだけ毎日買い物していることか!?　もう、自転車のカゴからこぼれ落ちそう！　でもって、手がちぎれそうです。

数年前、大阪市の中学校で給食制度がようやく導入されました。小学校の完全給食ではなくて、希望注文制。これでやっと楽になれる！　と思いきや、初めの3、4回注文しただけで、「やっぱりお弁当にする」と息子。値段が安いのはありがたいが、美味しくないし、男子には少ないらしい。これをPTAの会議でも訴えてみたが、教育委員会はこれがこの年齢の子どもたちに必要な栄養、カロリーを割り出してのことだから変更できない、ということらしい。全員「は!?」。どう考えても納得いかない。大柄な男子と少食の女子が、同じ量で正解とは誰も

同意できません。せめてご飯だけでも大・中・小、選べるようにしてはどうか？　と意見しましたが、万が一それが通ったとしても実行されるのは、だいぶ先になるだろうとのこと。もう卒業したわ。本当にお役所というのは融通が利かない。お弁当制度は『まずは、お母さんの作るお弁当に勝るものはない。でも仕事を持つお母さんや、何らかの事情でお弁当を持ってこれない子どものための支援』というのが大前提ということらしい。それは、そうかもしれませんけど。そんなに世の中、楽ばかりさせてはくれませんね。

と、ぼやいているように見せかけて、本当はわたしは喜んでいます。人にご飯を食べさすのが好きなんです。大量に作ったご飯を息子たちが一瞬でパクパク平らげる姿を見ているのがたまらなく楽しいです。半分ニヤニヤして、「あんたらお母さんのご飯がいいんやろ?」。ただいま反抗期真っ盛りの息子は無視。返事もしない。そんなに目一杯反抗してるくせに、わたしの作ったおにぎりをパクパク食べてる息子は、何とも可愛いではありませんか。

そういうわけで、ひたすらお弁当作りは続いています。長男が幼稚園に入園した時から、すでに19年、この長男は、大学生の時もお弁当を持って行ったし、次男も講義から講義の教室を移動する間におにぎりを食べる、という。三男も結局すぐにお弁当に逆戻り。今日は夫も新幹線で移動の途中にお弁当食べるから持っていく、と言います。

そうして19年、弁当のからあげを揚げながら思うことは、なんだかんだとわたしの作ったものばかり食べて育っている子どもたちは、アホでも誰一人グレることもなく、心腐らずスクスク成長してくれてありがたいなぁ、ということ。子育てについては、忙しすぎて一人一人十分に接してあげることもできず、もっとああしてあげたらよかった、こうしてあげたらよかったと後悔することばかりですが、とにかくご飯だけは食べさせさせました。この子たちの体のことを思って。ひょっとして、これが『食育』というものなのかって、今になってわかりました。ちゃんと躾《しつけ》が出来なくても、間違った叱り方してしまっても、ほとんど放ったらかしでも、食べさせといたら勝手に大きくなる！　かなりざっくりと言うと、これですかね。

息子の通っていた幼稚園の園長先生が、入園式で新米ママたちに話してくれたこと、今でも心に残っています。

「お母さんたちは、今日から愛する我が子を園に預けていただくことになり、子どもたちは生まれて初めてお母さんと離れ離れに過ごします。それは、子どもたちにとっては大変ストレスです。でも、お弁当のふたを開けたとき、『あ、お母さん』って、離れていても母子をつないでくれるんですね。子どもはとても安心することができます。だからお母さん、お弁当作りは毎日大変ですが、がんばってくださいね」

はい！　園長先生、ありがとうございます。今日もわたし朝からからあげバンバンバンバンバン！　揚げてます！

夏平くん

小学校の時、同じクラスにいたちょっと変な男の子。顔が陽に焼けて真っ黒。本を読みながらでもゲラゲラ笑いだしちゃう。廊下に立たされても笑ってる。宿題なんてやってくるわけがない。家に帰って宿題をやる？　そんな概念、初めから持ち合わせちゃいませんぜって感じ。とにかくアホで、めちゃくちゃで、気がよくて、人気者。その名はズバリ『夏平くん』。夏に生まれたから夏平っていうのかな。クラスにこんな子、いましたよね。犬ころみたいな。

わたしはこの夏平くんが気になって気になって仕方ありませんでした。そうです。クラスで一番かっこよくて、鼓笛隊では指揮者をやって、勉強も運動もいちばんの学級委員の男の子より、アホの夏平くん。当時は、ただのアホだと思っていました。

夏平くんが別に好きなわけではないのです。どっちかというと嫌い。アホだし、つばとか飛ばしてくるし、汚いし。ただ気になるのです。なのに家が同じ町内で、しかもうちといちばん近い、という理由で、毎日一緒に登下校しておりました。学校は遠く時間もかかるのですが、なんとその間、一度もお話ししたことはありません。夏平くんはわたしのことは見ていなかっ

たし、わたしはいつも見ていたけど、絶対話しかけたりしませんでした。

そーっと夏平くんのお家の様子を見に行ったことがあります。

夏平くんのお家は、草ぼうぼうの掘っ建て小屋のようなトタン屋根のお家でした。小さいおじいちゃんが縁側に座ってスイカの種を飛ばしておりました。

夏平くんは相変わらずアホの子でしたが、5、6年生になるとだんだんと才能を開花させていきました。夏平くんの作文はいつも会話の部分がリアルで面白くて、生き生きと友達との様子が描かれていて、先生も面白がって、みんなに読んでくれました。それに学芸会の時などは演目『走れメロス』で意地悪な大臣の役に抜擢《ばってき》されて、それはそれは印象的な好演を成し遂げたのです。主役のメロスより、目立ってた。こういう時、先生というものは勉強のよくできる子からいい役をつけていくものですが、夏平くんを選んだ先生のセンスとプロデュース力はすごいな、とこの時、演劇というものにとても興味を持ちました。そして、夏平くんの活躍がとても嬉しかったのです。ま、わたしは鳩1の役だったんですけど。

修学旅行の日、駅前に朝早く集合で、駅までかなり遠い家の子は家の人に車で送ってもらうことになりました。もちろん、夏平くんの家に自動車はないので、わたしの父が一緒につれて行く、という段取りになっていました。

当日の朝、まだ真っ暗でしたが、夏平くんの家のある四つ角までくると、夏平くんとお母さんがちゃんと待っていました。夏平くんがこれまで見たことないくらい大真面目な顔で「よろしくお願いします」と深々とお辞儀をして、後部座席に乗り込んできました。駅に着くまでの間、全くもって微動だにせず、まっすぐ前を向いたまま。わたしとはもちろん会話を交わすことはありませんでしたが、わたしは横目で夏平くんをちらっと見ました。夜明け前の薄暗がりの中で夏平くんの開襟《かいきん》シャツが眩しいくらい真っ白で、胸が詰まりそうでした。いっしょに修学旅行に行けてよかった。

夏平くんとはそれきりで、中学を卒業して東京の遠い親戚のおうどん屋さんに働きに出た、ということは、だいぶ後になって母から聞きました。わたしはまだ親のすねかじりで遊んでいるというのに。

そのあと一度もお会いすることはありませんでしたが、夏平くんのことが忘れられなくて、とうとう絵本にしたためてしまいました。そのタイトルはズバリ『夏平くん』（2007年、絵本館）。

私は消息を尋ねて、これをご本人にお送りしました。びっくりしたでしょうね、自分の名前ズバリの絵本が急に送られてきたのですから。しばらくして「届いたよ」と電話をくれました。とても緊張して、ドキドキして汗びっしょりになりました。だって、夏平くんと話すの生まれて初めてだったんですから。

高校野球

毎日暑いですねぇ。そして熱い熱い甲子園のシーズンがやってきました。うちの三人兄弟もみんな野球が好きで、小さい頃から野球をやっております。中でも長男は、高校生になっても野球がやりたいと、大阪の私立高校の硬式野球部に入りました。中学の時も野球部だったので、他のスポーツなんて考えられなかったのです。でも、中学の時までと違って、高校野球は本当に厳しい世界でした。まず、部員が何十人といます。中にはもちろんスカウトで入部した子もいて、その中からレギュラーになれるのは、ほんの一握り。当たり前ですが、それは並大抵のことでは、ありません。

とにかく大変だったのは毎日の練習。朝練のある時は、こちらもその分早起きでお弁当を作り、さらに予備のおにぎりも何個か持たせます。午前中の授業が始まるまでに体力使っていますので、1、2時間目なんて、もう爆睡です。勉強の方でついていくのも必死になりました。そして放課後もマイクロバスに乗せられて山の方のグランドまで行き、そこでまた9時頃まで練習。家に帰るのは11時近く、ご飯を思いっきり食べて寝るだけでした。これが、まだ季節の

良い時ならいいのですが、めちゃめちゃ寒い小雪の舞い散る冬とか、真夏の炎天下での猛特訓の時は、あぁ、今頃……、と想像するだけで胸が締め付けられました。そんな毎日でしたので、勉強は全然できませんでしたが、遊びも全くしておらず、なんと、高校時代、友だち同士でハンバーガー屋さんにも一回も行ったことがないとか、信じられます？　こんなに全てを捧げてがんばったからといって、レギュラーになれるわけではありません。補欠どころか、Bチーム（2軍）でした。本人もやめたい、と言い出したことがありましたが、「途中で投げ出すのは良くない、最後までがんばろう」とアドバイスしました。これが果たして正しかったのかどうかわかりません。

高3の夏、長男はベンチにも入れず、私たちと一緒にスタンドでひたすら大声で応援していました。大阪は高校も多く、上位に上がってくると、とてもレベルの高い試合でした。その年、大阪大会で4位になりました。あの藤波晋太郎くん（大阪桐蔭高校出身。現在は阪神タイガースに所属する野球選手）とも戦ったのです。みんな全てを出し切り、負けて涙しましたが、その後すぐに相手校にエールを送るあの姿、わたしはこっちの方に、ものすごく感動してしまいました。

さて、Bチームは Bチームで改めて、私立校大会で出番をもらえることになっていて、実質、うちの子にとっては、これが高校野球最後の試合となりました。今までの厳しい練習の日々が走馬灯のように蘇《よみがえ》り、全然レギュラーにかすりもしなかったけど、この試合でがんばるところを目に焼き付けようと、スタンドに陣取りました。が、結果は全くヒットも打てず、役にも立たず、いいとこ無しのまま、あっけなく試合は終わってしまいました。どんな顔していいのか、何て声をかけたらいいのか、よくわからないまま、試合後の球場の通路で長男と目があった時、彼は言いました。「忙しいのに、せっかく見に来てくれたのに、いっこも活躍できなくて申し訳なかった」と。とっさに「いいよ。ずっとがんばってきたこと知ってるんだから。よくやったよ、偉かった」と、返しましたが、あの反抗期真っ盛りで、何を言ってもフンとそっぽを向いていた長男が、そんなことを言うので、本当にびっくりしました。ただただ、しんどいだけで、いいことなかった高校野球、と思っていましたが、こんなことが親に言えるようになるなんて、なんと人間を成長させるのだろう。これはただ全く花のなかったうちの子の話ですが、中には、ベンチ入りしたけど活躍できなかった、あと一歩で怪我をしてしまった、などなどがんばったからこその一人一人いろんなドラマがあって、それぞれが全部その人を成長させてるんだ、と知りました。

開幕のサイレンがテレビから聞こえてくると、このことを思い出して、胸が熱くなります。たった1回きりの夏を精一杯がんばってほしいです。

うちの奥さんのこと①

長谷川《はせがわ》義史《よしふみ》

うちの奥さん"あおきひろえ"さんは
とてもクリエイティブなんです。
まだ子どもたちが小さいころ、
ある日の夕方……
「すぐ作るからまっててね!」と
晩ごはんのおかずを料理しはじめ
ました。
その時うちの奥さんは
言いました。
「しまった! しょうゆがない」
なんとしょうゆがきれていたのでした。

これおいしい
またつくって！と

どうするのかと思っていると……
冷蔵庫の奥にすてられず入れてあった
うなぎのたれやらみたらし団子のたれ
やら何かわからんたれをさがし出して、
「よしこれで何とかなる！」と
力強く一言断言し、
あれよあれよという間にみごと
おかずを一品完成させました。
だいじょうぶかなと思っていると、
そのおかずを口にした子どもたちが、
「これおいしい　またつくって！」
するとうちの奥さんが……
「何を入れたかわからないから
二度とできない！」

お葬式

　昨年、父が亡くなりました。身近な人の死は初めてで、自分たちの年齢からいえば自然な流れではありますが、『お葬式を段取りする』という役目を初めて経験することとなりました。亡くなる前から何かと段取りをつけておけば慌てることはないと思うのですが、そんな悲しい段取りを生きているうちからしておくのは、とても気が向きませんでしたので、案の定、大慌てのバタバタで事は進みました。わたし以外の家族も誰一人段取りなんてしていなかったのです。

　生前、エンディングノートなるものを両親に買い与えましたが、父のそれを見てみると……まっさら。な〜んにも書いてありません。潔いっちゃあ、潔いですが、益々、残された者は何から何までこの二日の間に決めなければいけないことが山積みになりました。本当に泣いている暇がないくらいなのであります。

　しかしそこは、葬儀屋さんがどこからともなく現れ、映画『おくりびと』のように、仕事をこなしてました。葬儀代はトータルで結構な金額がかかります。悲しみに暮れるご遺族をお客に、決して神経を逆なですることなく誠心誠意、懇切丁寧に対応し、マニュアルに従ってビックビジネスを成功へと導かないといけません。なんといっても人生最後の大イベント、メモリアルですから。もし一家族でもしくじるようなことがあれば、大変です。また次回のお葬式に使ってもらえない……どころかその親戚ご近所に悪い噂がたちでもしたら致命的ですから。結婚式より力入ってます。

そしてこの葬儀屋さんと同じくお寺さんのビジネス、というものを目の当たりにすることとなりました。うちは先祖代々臨済宗でしたので、仏教式のお葬式をしたわけですが、人は亡くなってからも身分があり、戒名の文字数によって位が変わるんですね。ついでにお経を唱えるお坊さまの人数も然り。1文字につき○万円か〜と計算してしまいました。ぶっちゃけ、お金を出せば亡くなってから立派な人で、お金がなければ普通の人なのかしら？　遺族が見栄を張りたいだけじゃないのか？　本人はもう存在していないのに？　お経を聞いたところで意味不明。心からその教えに耳を傾けている人はほぼいません。

考えれば考えるほど疑問を感じてきて、だいたいお釈迦さまを信仰もしてないくせに変なの、という考えが頭の中をぐるぐるし始めました。だいたいわたしなど常識がないもので、ことごとく質問をすると、お寺のご住職は、「そこはそれなりに」とか「御心《みこころ》のままに」「お気持ちで」という言い方を頻繁《ひんぱん》になさいます。「さっきから御心御心って、はっきりいくらか言ってよ！」とうちの妹がキレた時には吹き出しそうになりました。

わたしは短い時間でこういった一般的なお葬式を経験し、とてつもない大金を払い、とてもやらされてる感がいっぱいなことに気がつきました。もっと見栄や無駄を省いて、自主的なお葬式ってないのかしら？　そういえば音楽葬とか聞いたことあるなぁ、といろいろアイデアを絞った挙

句、わたしが希望する、これだ！　というお葬式を思いつきましたのでご紹介したいと思います。

なんといってもわたしは自他共に認める落語好き。趣味が高じて自宅を寄席にしてしまったくらいなので、最近は落語家さんとのお付き合いが増えました。わたしが死んだらお気に入りの落語家さんに何人か集まっていただいて、うちで落語をしてもらうというのはどうでしょう。次から次から好きだったネタを演じてもらい、枕で「あの人こんなんやった」というわたしの無茶苦茶ぶりを面白おかしく話してもらいたいな。お客さんはわたしの家族や友だち。落語を聞いて、それから「あぁ、あの人、ほんまおかしな人やったわ」と笑ってほしいのです。もちろん入場無料。わたしが残す葬式代は、火葬代と落語家さんに払うギャラのみ。差し入れのお酒を最後にみんなで飲んで、楽しく打ち上げしてほしい。

こんなお葬式、いいと思いません？　名付けて『落語葬』。実は、もうある方に、この葬式を仕切ってもらう約束をさせていただいてます。気ぃよく、ＯＫしてもらってますので、皆さんほんまにお楽しみにねー!!

あぁ、めちゃめちゃ面白そうな落語葬!!　自分がその場で見られないのだけが、残念なんだけど。

2円の話

これは大学を卒業して、新しい就職先に勤め出す間の春休みのことです。わたしはそれまでにアルバイトで貯めた貯金を全部はたいて、インド旅行をすることに決めました。インドは人生のうちで1回は行ってみたかったし、多分働き出したら、そんなに休みはないだろうし、もっと大人になったら行く気が無くなってしまうかもしれない、今しかない、そんな気がしたのです。3週間ものインド旅行を終えて日本に帰った時にはお財布はすっからかんになっていました。

大学の寮を出て、ワンルームマンションに引っ越ししていましたが、なんせ、すっからかんなもので、家財道具どころか食べるものもありません。親に頼めばよかったんですが、インド旅行は秘密でしたし、まさかおかげでそんな状態にいるなんて、余計な心配をかけるのが嫌だったのです。それに母親がそのことに逆上して、わぁわぁ騒がれるのを想像するだけで、うんざりだったので、少しくらいお腹が減ってもガマンすることにしました。

昼間、部屋でゴロゴロしていても、テレビもないのでかなり退屈です。とりあえず引っ越し荷物を片付けていると、小銭を発見しました。かき集めると762円も！　元々貧乏学生でしたので外食なんてほとんどしていませんでしたが、細かい材料を買い揃えるにはかえってお金が足りません。

早速、商店街をウロウロして安くてお腹がいっぱいになるものを探しました。ここは、米食べないと!!　やっぱり日本人、瀬戸際でいちばん必要とするものは米！　なんですね。古びたうどん屋のショーケースに親子丼（500円）を見つけ、これに決めました。朝から何も食べていなかったので、本当に美味しかったです。

その日は、なんとかそれでやり過ごしましたが、次の日起きるとまたお腹が減ってきます。でも、手持ちの金額は、あと200円ちょい、夕方まで我慢して、パンなら買えるか、とコンビニに向かいました。手に小銭を握りしめて。あんぱんでも買うつもりでしたが、ふとその横にあったいなり寿司に目が留まり、どうしてもこっちが食べたくなりました。値段も、ギリギリ買えそうです。ついつい米に目がくらみ、5個入りいなり寿司を握りしめてレジへ行き、小銭を全部放り出しました。すると、レジのおばちゃんは「あと2円です」と言いました。なんと、いなり寿司は264円だったのです。間違いありません。2円足らなかったのです。恥ずかしい！　いなり寿司食べたさに、脳が都合良く金額を見違えてた、としか思えません。すぐにいなり寿司を元へ戻して、パンでも持って来ればよかったのですが（普通そうしますよね）、

ところが、わたしはその時、黙って固まってしまったのです。一瞬、レジのおばちゃんも「?・」となりましたが、なんとそのおばちゃんは、何も言わずに、そのいなり寿司を袋に入れて渡してくれました。わたしは小さく「ありがとうございます」と言ってコンビニを出ました。

おばちゃんはその一瞬にして、もうわたしがめちゃくちゃひもじくて、しかもお金をこれだけしか持っていない、ということを悟ったのでしょう。でも2円の差額をどう埋め合わせしてくれたのでしょうか? 多分自腹で? そっと2円をレジに入れてくれたに違いありません。考えたら、コンビニのパートに出ているおばちゃんと、今たまたま所持金0円だけど海外旅行へ行っていたわたしとでは、一体どちらが余裕があると言えるのでしょう? たった2円の話ではありますが。

そんなことを考えながら部屋にたどり着くと、ワンルームマンションの廊下にうずくまっているご婦人が。聞けば娘を訪ねてきたがまだ帰ってなくて、ここで待っているとのこと。春とはいえ日が暮れると気温は低く、寒くて震えていらっしゃいました。わたしは、引っ越ししたばかりのその部屋にそのご婦人を招き入れました。あったかいお茶でも淹れて差し上げたかったのですがなんせなんにもないので、白湯《さゆ》をお勧めして世間話をしていると、間もなくその娘さんが帰って来られました。わたしはその翌日から働きに出ました。

今でも時々あの日のことを思い出しています。

年齢

男女を問わず、人は何かと若く見られたいものですね。年齢がいけばいくほどに。

「わたしたち同い年なんだよね～」。知り合いの女性のUさんは、お会いするたびにわたしと同い年を強調してきます。そのたび、わたしは苦笑い。なんか、Uさんはめちゃめちゃおばちゃんくさいのです。

「Uさん、その服なんとかなれへんの？」わたしは心の中でつぶやきます。見た目だけがそう見せているのではありません。話し方や話の内容。立ち居振る舞いすべてに現れているんです。

出会った人が同い年とわかった、そんな時、自分から見てその人が実年齢よりも若く見えて、しかもファッションセンスも会話もいけていれば、とても勇気がわきます。その反対に、同い年の人が思ったより老けて見えたり、ダサい格好で、厚かましい行動をしていると、とても気分が凹みます。「世間一般でいう○○歳は、こう見えてんのか!?」ってな感じ。夫も同じことをよく言っていますから、男性も同じなんですね。できれば自分は前者でありたいと願うわけですが、どんどん年を重ねて、憧れの女性になるために、どうしたらいいんでしょうか？

自分より年上で、素敵だな、かっこいいな、と思う人とはどんな人か、思い出してみると、まず、身だしなみがちゃんとしています。高価な服やアクセサリーでなくても、だらしない感じがないのです。髪の毛もちゃんと整えられていればオーケーですね。あとは、知識があって賢い人。知性があるとシワが素敵に見えますよね。話題も豊富で、話し方も変わってくると思います。それでもって、厚かましさがなく、包容力があって、優しい。特にこの包容力は、若者にはない魅力の一つだと思います。しかし、わたしの場合、根っからだらしなく、頭も悪い。自己主張が強く、ひねくれ者ですから、これらを全部クリアするには、ただなんとなく生きていては、わたしがなりたくないタイプの意地悪バアさんにまっしぐら間違いなしなんですよね。やばいです。ぼーっとしてると、この年齢という坂道を加速度つけて、容赦なく転がり落ちていきます。わたしは、転がり落ちながらも途中、ガシッと岩をつかみ、木の根っこをつかみながら、できるだけゆるやかに落ちて行きたいのです。

まず、おしゃれには気を遣います。まぁ、自分なりに、ですけど。子どもに財産を残すより、美容院へ1回でも多く行くことに。人の集まりでは、自分だけが喋りまくることのないように気配りしつつ、仕込んでいたちょい面白い話を披露します。誰かのグラスが空になっていないか、つまらなそうにしている人はいないかなど、本当に気が抜けません。憧れの人に近づくには、こういった努力が必要なんですね。本当に心底疲れ、この集まりが本当に楽しいのかどうか、自分でもよくわからなくなってきました〜。でも、この努力している、何かにがんばっている、という行為そのものが人を輝かせるのではないでしょうか？　それにどんなに美人でも平等に歳をとります。40を過ぎた時点で顔のパーツの配置は、さほどポイントにならなくなってきますよね。これはいいことです。なるべく興味のあることに喰いつき、実行します。無駄な化粧品や服を買ってしまったりという失敗を繰り返しながらも、とりあえず、飽くなき追求を続けています。

　ある時姉が暇だというので、「習い事でもしたら」というと「もう出かけたくないわ〜」というのです。理由を尋ねると、「習い事行くとなったら、いちいち着替えないといけないし、化粧も面倒。それだけで疲れる」と。これって、わたしが思うところの一番ダメなパターンじゃないですか！　努力することをやめてしまった時点で、脱落者となってしまうのです。「ダメだよ〜、諦めたらそれでおしまいだよ〜！」わたしは間髪入れず忠告しましたが。「人のことはほっといて」。

　まさにその通り、姉はナチュラルに生きているだけ、それも、悪くない。そして、もがき苦しみながら無駄な努力するわたし、この先10年で、どんな風に違って見えてくるのでしょうか？　あなたはどっち派ですか？

エコロジー

こう見えて、わたしはめちゃめちゃ倹約家です。どうしてこんなに倹約家かというと、それはやっぱり、母親が倹約家であったからに他なりません。母親と暮らしたのは高校生の時までなのに、やはり三つ子の魂百まで、と言われるだけあって、どうしてもこの倹約癖が抜けないのです。はっきり言って、お小遣いに困っているわけではないのですが、まぁ趣味のようなものです。

母は、まず靴下なんかは、1度は必ず繕《つくろ》います。セーターでもエプロンでも、すぐにちょこちょこ繕うのです。実家に帰ったとき、わたしの洋服のどこぞがほつれていようものなら、すぐに見つけて、朝起きたときには繕ってあります。米のとぎ汁で花に水をやり、生ゴミは、畑に穴を掘って埋め、肥料にします。畑に行ったついでにオカズにするナスや、紫蘇の葉なんかを摘んで、目に付いた草を引いてきます。何度も畑に行くのは、時間の無駄なので、行ったついでに色々済ませてくるのだそうです。隣人が、手紙を出しに行くのに車で出かけ、戻ったと思ったらそのあとまたスーパーへ買い物に車で出かけるので、なんでその用事を一つにまとめられないのか？　ガソリンまで使ってアホちゃうか?!　と怒っています。他人のことまで気になるんですねぇ。

これはそんなに悪い習慣ではないと思います。細かい段取りを四六時中考え、頭をくるくる回しながら家事をしているのは、脳トレに非常に役に立っています。今年84歳になりますが、全くボケたところはありませんし、憎まれ口も絶好調です。それになんといってもエコロジーですから。ものを長く大切に使ったり、ゴミになるものを活用するのは地球環境にとてもいいことですものね。

わたしも、そんな母の血を脈々と受け継いでいるものですから、今どきそんなことを？　とびっくりされるような倹約をやっていたりします。まず、穴の空いた靴下、わたしの場合、繕う時間がもったいないので、ハサミで小さく切って、油汚れをふき取ったり、食べた後のお皿のベタベタ汚れを洗剤で洗い流す前に拭き取ります。スーパーのレジ袋を使わず、エコバッグを持参してポイントを貯めます。お肉のトレイは絵を描くときのパレットに。トレイのないときは、パッケージに使われているビニールを使い捨てパレットにしているのです。これを先日友人に話したら、プロなのにそんなもの使ってんの!?　とびっくりされましたが、こっちから言わせてもらうと、わたしらプロで、毎日毎日、使用済みビニールをパレットとして使っているのに、一向にビニールが足りなくなった試しがないのです。つまり世の中にどんだけビニールが溢れてるんだろう？　っていうことです。ビニールはいらない！　と断らないといけません。

あと、大好きなのは、フリーマーケットです。売上よりも、不用品が誰かの役に立つとウキウキしますよね。夫がむやみに買い物して忘れ去られているものなどを売り飛ばすのはとても楽しいですよ。

その他にも割り箸を使わず、マイ箸を持参。その分、割引にはなりませんが、亜熱帯の林がどんどん伐採されているところ、それによって動物たちが干からびてしまうところを想像してみてください。森や動物たちのために使うのを控えています。付け加えて言うと、日本の杉の木を使ったお箸は森林保護に役立っていますので使いますが、輸入物の割り箸は使いません。

大阪の夏は日本で一番暑いと言われていますが、少し前まで部屋にクーラーがありませんでした。世界中の人間がせーの、で、クーラーの電源を切ったらな、と言いながら夏の仕事場で一日中、ダラダラ汗をかいていました。しまいに食欲がなくなり断食状態になります。毎年夏に3キロ痩せ、冬にまた3キロ太る、を繰り返していました。

「北極の氷が崩れ、どんどん小さくなっていく流氷に乗ったまま流されるシロクマの赤ちゃんを想像するとクーラーを我慢できるよ」と、元、動物園の飼育係で絵本作家のあべ弘士さんに話すと、「うなぎ焼く煙で飯が喰えるタイプだべ」と言われました。

強くあること

こんなことは、どんな小さな社会にでもよくあることです。これをどう呼ぶのかもよくわかりませんが、まぁそれほどのことでもないと言ってしまえば、何でもないことだったような気もします。ちょっとした集団の中に一人他とは違ったタイプの者をその対象にしておくと、その他の全員は、それが自分でないことに安心でき、その中では気持ちを一つにして仲良くできるのです。

これは、わたしがまだ幼稚園に行く前のことですから、まだ外の世界を知らない家庭という世界の中でのちょっとした出来事です。

わたしと妹はいつものように、庭で夢中になって地面に絵を描いていました。それはもう、わたしも妹も絵を描くのが大好きでしたから。そのとき急に、そばに置いてあった自転車が倒れてきて、小さい妹が下敷きになってしまいました。泣き声を聞いて母が飛んできました。額からいっぱい血が流れ、妹は、ひどい怪我をしてしまいました。同居している伯母も駆けつけ、一体全体何が起こったのかと、わたしを問い詰め騒ぎ立てました。そして、わたしが自転車を倒したのだ、ということになりました。もちろん、そんなことはしていませんが、大人二人に大声でまくしたてられて、わたしの言葉は届かなかったし、そんなことはしていないと言うと『嘘つき』というレッテルを貼られてしまうのです。

夕方になって父が帰宅し、母と伯母に向かって「お前たち二人が見ていたにもかかわらず、なにをしているんだ！」と怒鳴りました。伯母はすぐにわたしを指差し、「知らんよ。この子がちょっと目をはなした隙に、自転車を倒したんだよ！」と言い、「女の子がこんな、顔に怪我をしてしまって、跡が残ったらどうする！」とさらにわたしを責めました。そのあたりでなんだか、自分が本当に妹めがけて自転車を倒してしまったような気がしてきました。

夜中も母と伯母は、顔に跡が残るのではないかと心配して、何度も妹のガーゼをとっかえひっかえしていました。すぐ横で寝たふりをしていましたが、怪我のせいでお嫁にいけなくなった妹の人生を思い、さいなまれ、眠れませんでした。

その後は、心配したほどのこともなく妹の怪我はどんどん良くなりました。跡は全く残らず、可愛い可愛いお顔は無事で、心底安心をしましたが、気がつくと、わたしはすぐに悪いことをしでかす油断のならない子、として家族に扱われていました。給料袋が見当たらず、見当違いな場所で見つかった時も、わたしがやったことになりました。給料袋の存在すら知らず、お金を使って買い物をしたこともない子どもが引き出しを開けて持ち出すでしょうか？

でも今となってみれば、すべてがわかるようになりました。

古臭いわたしの家では、まだ封建制度が残っており、父の言うことは絶対で、母も伯母もとても恐れていました。何か不手際があれば頭ごなしに叱られるのです。伯母は母にとっては小姑ですから、母は何かあれば、二人から責められ肩身の狭い生活をしていました。そんな時、わたしの存在はとても便利だったのでしょう。とりあえず、わたしのせいにしておけば、自分が怒られずに済むという単純なシステムで。そのパターンが定着して、家族の中では、だいたいそういう役回りを引き受けてきました。

すっかり大人になってから、そのことを母や他の家族に訴えようかとも思いましたがそれもやめました。母も伯母もとてもかわいそうな人間なのです。強いものに怯え、ひれ伏して、自分をかばって何かを盾にする、弱い人間なのです。しかし、弱いのはかわいそうなだけではなくて、『悪』だと思うのです。母は、本当のことを見極めて、ちゃんと父に伝えるべきだったと思うし、古臭い家のやり方を努力で一つ一つ変えていかなければいけなかったと思います。強くあろうとすることが、真の優しさだということをわたしは考えるようになりました。

あの日、本当は誰も悪くなんてなかったのです。ただただ、強い風が吹いていただけで。

山が好き（その1）

みなさーん、行楽のシーズンですね！　行楽といえば山登り。えぇー!?　まぁ、まぁ、まぁ、山が好きな人嫌いな人、きっぱり二分されると思いますが、山に全く興味のない方もしばらくお付き合いくださいませ。

もちろんわたしは、無類の山好き。学生時代はワンダーフォーゲル部に所属し、北アルプス、南アルプスを制覇したものです。この手の趣味と言いますと、すぐに道具を一式そろえたがる輩《やから》がおりますが（うちの夫のように）、わたしはそんなあまちゃんではありません。全部おニューの道具なんて初心者丸出しではありませんか。履き慣れた登山靴を20年以上使いますし、すでに持っているものをアイデアを凝らし代用するというのは得意中の得意です。自然を愛する者は無駄な物を省いて生きるのです。

まず、山に行こうと思ったら、行程を念入りに組むところから始まります。そこへ行くまでの電車やバスの時刻を調べ、最短のアクセスと登り口から歩く時間を計算して、ルートを決めるのです。一緒に行く人の体力レベルを考えに入れておくことも忘れません。一緒に行く誰かが、これをやってくれればいいんですが、誰もやらないのでついつい自分でやってしまい、いつの間にかみんなに『隊長』と呼ばれてしまいます。家族で行く時もわたしが隊長です。

また、山でいただく食事はとても重要です。だいたい何を食べてもおいしいですが、できれば腹持ちもよくて、嬉しい食事でないといけませんよね。低血圧で早起きが苦手なわたしが山へ行く日だけ血圧が上がるのか？（んなわけない）めちゃめちゃ早く目が覚めておにぎりをいっぱい結びます。関西では俵型が定番ですが、わたしは、関西人ではありませんので、三角のおにぎりです。余談ですが大阪生まれの友人は、三角に結ぼうと思っても手がそういう形にならない、と言っていましたが、逆にわたしの手は、俵型に結ぶ方が難しいようにできています。

おにぎりの中身は昆布、シャケ、おかか梅、などいろいろあるとより嬉しいですよね。余裕があればからあげや卵焼きも山で食べたいです。なんやかんやで、完全にいつも食べてる量の倍になってしまいます。何があるかわかりませんもんね。遭難とか、お弁当忘れる人がいる、とか。

行動食のおやつにも余念がありません。あめちゃんやチョコレートはもちろんのこと、最近よくウケるのがゼリーを凍らせたもの。それが半分溶けたとき、みんなに配ると「まさか、こんなところでシャーベットを食べられるなんて！」と、とても喜ばれますので、真似してくださいね。ちょっとしたサプライズです。完全に溶けてしまうとただのゼリーなので、上りの中

腹で食べてください。
あと、このお菓子、山でしか食べたことない、というのがレーズンがびっしり詰まったしっとりクッキー。栄養価もカロリーも高く、力が出ます。携帯用コンロで淹れたコーヒーに、このべっとり甘いお菓子がよく合います。冷た〜いものと温か〜いもの、両方あると贅沢ですよ〜。
それから、山に慣れていない人がよく失敗

しているのが、荷物が多すぎること。「なんでそんなに大きな化粧ポーチ持ってくんのー⁉」と、よく友だちをたしなめています。こういう時は、化粧品は極最小限にして、ポーチではなくビニール袋に入れておかないと。先ほどのお菓子も、余計なパッケージを取り除き、一つの袋にまとめておくなんていうのは、常識中の常識ですよ。

山登りなんて、あんまりかっこいいとは言えませんが、何を着ていくかも問題です。シャツを脱いだ時、パーカーを着込んだ時、それぞれコーディネートが変でないかの組み合わせを靴下から帽子から、バンダナまで色合いを考えるのも楽しくて、2〜3日前から出したり入れたりして、枕元に置いて寝ます。布団に入ってからも、ワクワク嬉しくてなかなか寝付けません。まさに遠足の前の日。

あ、まだ山に足を踏み入れてもないのに、準備する件で紙面がなくなってしまいました。そうです。山登りは準備する段階からもうこんなに楽しいのです。そういうわけで続きはまた次回。

山が好き（その2）

「人はなぜ山に登るのか？」と聞かれ、「そこに山があるからだ」と答える人はすでに山が好きな人。わたしの友人などは、「そこに山があっても、わざわざ登れへんもん。平坦な道を楽して行くわ〜」と言っていました。根本的に考えが違っていますね。目的地に楽しく早く着くために登っているんじゃないんです。そのよじ登る過程が好きなんです。

山に一歩足を踏み入れると、もうそこは、日常とは違ったところにトリップできます。そういえばこのあいだ、絵描きのＩさんが言っていましたが、山の方でも登る人を見ているのだそうです。こいつはダメだ、と思うと行く道を阻み閉ざされるのだとか。反対に山に受け入れられた者は、自然と道が開け、山が導いてくれるのだそうです。Ｉさんは、自然がいっぱいなところで育ったのでそんな感性も研ぎ澄まされているのでしょう。

大人になって都会へ出て、久しぶりに故郷へ帰った時は、山を散歩しようと思っても枝が邪魔をしたり、道がなくなっていたりで、しばらく山が受け入れてくれなかった、なんておっしゃっていましたが、そんな山が意思を持っているなんて話、わたしはとても共鳴してしまいました。

　そんなことを思いながら、一歩一歩枯葉を踏みしめ歩いていくと、後ろからリュックサックの一団が。それほど勢いよくない我々一行は道を譲ります。「こんにちはー」「こんにちはー」「お先に〜」「どうぞー」山では、初めて会った人同士でも必ず元気に挨拶します。もじもじする人はいません。わたしも普段は人と目を合わすのが怖いので、視線をそらしてもじもじ挨拶していますが、山ではなぜか爽やかに挨拶できるので、不思議です。この山の空気を吸うと、何かが目覚めるようでもあります。

　初めのうちはゆるゆるした坂道を鼻歌なんか歌いながら登りますが、そのうちどんどん急になってきて、ゼイゼイ、ハァハァ。おしゃべりする余裕がなくなり、みんな無口になってきます。この辺りでわたしは自問自答を繰り返しだします。たわいもないことをおかずに。あの時なぜあの人はああ言ったのだろうか？　自分はどうするべきだったのだろうか？　何であんなことしてしまったんだろう。ああすればよかったこうすればよかった。悩みの本質にあるものは何か？　考えることがいっぱいあります。そして、なんのために生きていくのか？　これを考え出すと、そろそろアドレナリンが出ている頃です。めちゃめちゃしんどくても一歩一歩登り続けます。

　あと少しで、頂上。木々の間からチラッと空が見えてきたとき、当たり前のことですが、

「一歩一歩前へ進めば必ずゴールが見える、登った人もれなく全員に！」ということを山が教えてくれます。あと少し！

頂上に着いたときは、無邪気にうれしいものです。そして絶景のプレゼント!!　雲海が広がる山の風景を見たとき、とても神々しい、誇らしい気持ちがしました。ここまではバスでは登れないし、ケーブルカーもありません。歩いて登った人だけのご褒美です。そして、このでっかい自然を眺めていると、なんと人間は、鼻くそのようにちっぽけなものなんだろうと思えてくるんです。そんな吹けば飛ぶような鼻くそみたいなわたしの、さらにちっぽけな埃のような悩みなんで、まさにどうでもいいことだーー!!　と思えてくるのです。これが、わたしが山に登る理由です。

そして、このでっかい自然と素晴らしく美味しいおにぎり！　体を酷使して、野外でいただくおにぎりは最高です。このような山での褒美は、お金出しても買えないってとこがミソです。もやもやしたわたしの考えていたことは、どうでもよくなり、下り道、膝をガクガクさせながら、でも満足感いっぱいで歩いていると山道にごろごろ山梨の実が転がっていました。見上げると大きな梨の原木。わたしは大喜びでそれらをリュックサックに詰めながら思いました。これってやっぱり、山がわたしにお土産をもたせてくれたのかな。

ヤッホー！

シバ犬のチャイ

犬と猫どっちが好きかというと、わたしは別にどっちも好きではありません。もちろん嫌いではありませんが、犬の散歩しているのを見かければ寄って行ってよしよししてしまうとか、猫を3匹飼っていて、持ち物は猫キャラクターでいっぱい、ということは全くありません。わたしは犬も猫も好きなのではなく、『チャイ』が好きなんです。

チャイはシバ犬の男の子。13年前のクリスマスに我が家にやってきました。もともと動物好きではないので、飼いたくなかったのですが、長男がどうしても犬が欲しいと言います。ただでさえ忙しいのに、これ以上犬のお世話で時間がなくなるのは困ります。自分で世話をする、という長男の意見は、どうせ初めのうちだけだとわかっていますし、一貫して反対でしたが、そんなわたしの気持ちを変えたのは、友人のこんなエピソードでした。

彼女の家にもゴールデンレトリバーのももちゃんがいます。いつものように仕事で遅くなり、慌てて帰ると、中学生の長女Aちゃんがしょんぼりとして、ベッドにももちゃんと横たわっているのでした。「どうした？　学校でなんかあった？」と聞くと、何にも答えず、ただももちゃんを見つめてよしよししているのです。友人はそれを見て何も言わず、そっとしておくことにしました。きっとももちゃんがAちゃんの心をそっと癒してくれているのでしょう。親にも話したくないようなことを、仕事で忙しい自分に代わって、その役割をももちゃんがしてくれてる、と思ったというのです。

これを聞いて、わたしの気持ちは動きました。本当にそうなんです。時間にゆとりもなく、性格に難ありのわたしが、いったいどれだけ子どもたちの心をケアしてあげることができるでしょうか？　誰かが代わってそれを助けてくれるなら、自分にも子どもたちにもプラスではないか！　と犬を飼う決心をしました。

ここまでくればもうお察しの通り、そうなんです。それが今では、反対していたわたしがいちばん、このチャイにメロメロに癒されています。チャイもママが大好きで、片時もわたしのそばを離れません。まさに相思相愛。ご飯をつくっているときもそばで「ママ、何作ってるの？」とこっちを見つめていますし、仕事をしているときは足元で寝そべっています。ちょっとトイレに行くだけでもわざわざついてきて扉の中まで入ってきます。ちょっと買い物に行くだけでも心配そうに玄関まで見送り、帰ってくるとめちゃめちゃ嬉しそうにフガフガぺろぺろしてきます。単純に餌をやってるのがわたしだからなんですけど。たまに泊まりで出かけた時などは、もう「ママ！　ママ！　どこ行ってたんだよう！」という感じで全力で甘えてきます。

こんなに留守にしたにもかかわらず、その間心配で心配で玄関でずっと待っていたにもかかわらず、もう帰ってきた瞬間に、嬉しさで今までの恨みや寂しさは、いっぺんに忘れてしまっている……、そんなとこ、おバカすぎてめちゃめちゃかわいくないですかー?!

かわいさが余って、とうとう、チャイの目線で日常を描いた歌『シバ犬のチャイ』を作ってしまいました。その歌は、『世界中の子どもたちが』という歌で有名な、中川ひろたかさんが作曲をしてくださいました。とても気に入っています。すると、その曲を出版社の方が聴いてくださり、これ絵本になるんじゃない? と、できたのが、絵本『シバ犬のチャイ』(2013年、BL出版)です。チャイがうちに来てから13年、まさにわたしの子育ての時代をともにしてきたお家を舞台に、絵は夫の長谷川義史が描いています。そして、チャイの語りとともに家族の物語が絵だけで展開しているという二重に楽しめる絵本になっていますよ。ぜひ、このCDと絵本、両方楽しんでいただけたら嬉しいです。

どうです? こんなパパとママのお仕事の役にも立っているチャイは、とっても偉い子でしょう。

けんか

もうそろそろ、寝ようかなと思っていたら、友だちから電話がかかってきました。仲良し3人グループの一人、Nちゃんです。同じくこのグループのもう一人とけんかした、というのです。え〜!! この歳になって!? 相変わらず熱い人たちです。原因はFB。自分の写っている写真を勝手にインターネットにアップされ、しかも自分の顔にスタンプされていたそうです。早速、気ぃ悪い！ と伝えると、向こうは、一般人をアップする時は顔にスタンプするのは常識だ！ と言って譲らないので、がちゃんと電話を切ったった、というのです。そのあと「あんたとはもう付き合わん」とメールが来て……。もう！ 女子中学生じゃあるまいし〜。一向に怒りが収まらない様子なので「まぁそんなに怒りなって。時間がもったいないよ」と答えたところで、眠気の限界に来て電話を切らせていただきました。

そのあと、布団に入ってもNちゃんの怒りの声が頭に鳴り響いて眠れず、わたしやったらどうするかな〜と夢の中で考えてみました。まず、顔に自分だけスタンプされてたら、なんや友だちなのに水臭い、とちょぉっと悲しかったかな。自分の写ってる写真が気に入らない場合、

「その写真は、アップして欲しくない。削除して〜顔にスタンプされて悲しい」と、普通に本心を伝えます。反対に、何気なしにアップした写真で相手が気分を害した、と言って来られたら、悪気がなかったにせよ、即刻「失礼しました！　これから気をつけます！」となるべく丁寧に謝ります。どうせ、いい加減なわたしは同じ失敗を繰り返すだろうけど、その都度、謝ります。二人ともこういう風にしておけば何も決裂することはなかったでしょうに……。

また、こんなことも思い出しました。後輩のある若い夫婦の話。奥さんが風邪で熱を出して寝込んでしまいました。旦那さんの方は、普段料理なんかしない人ですけど、がんばって雑炊を作り、枕元に持って行ってあげたそうです。奥さんは、たいして喜びもせず、一口食べて、「まずい。もういらん」と言い放ち、旦那さんはもうめちゃくちゃ頭にきた！　というのです。

まぁ普通の優しい奥さんなら、たとえまずくても、がんばってくれた旦那さんに対し、そんな言い方しないでしょう、というのがほとんどの意見だと思いますが、奥さんの身にもなってみてください。ただでさえ頭がガンガンに痛いところへもって、美味しくもないべちょたれ雑炊を自慢げに持ってこられ、食欲が全然ないにもかかわらず、無理矢理口に運び、さらに気を遣って賛辞を述べろ、というのですか？　体が健康なときなら、それもできるかもしれませんが、本当に頭が痛いんです。苦しんでいるんです。雑炊はいらんし!!　水でいいのです。でも、ゼリーだったら食べられるかも？　お願いだから何が欲しいか先に聞いてくれませんか？　と

でけたでー

思ったに違いありません。そうです。旦那さんの優しさの押し売りは、めんどくさいのです。どうです？　僕って優しいでしょう？　のポーズは、奥さんよりも自分が可愛いんでしょうねぇ。

こんなこともありましたっけ。付き合っていた恋人にふられ、別れ際、もう別れるっていうのに「別れてもずっと好きだからね」と、いつまでも優しくする人。その優しさでこっちは長時間苦しむことになります。それとは逆に「もう他に好きな人ができた。じゃあね」と最もあっさり、切り捨てる人。一瞬、その残酷さに大きく打撃をくらいますが、この刀傷のような切り口は回復が早く、後で友だちに戻れたりします。そう思うと結局、前者は、自分がいつまでも、優しい人でいたいだけの自分本位な人、決して悪者になりたくない人であって、こっちのことは特に考えてないと思いませんか。後者の方が、かっこよくて本当は優しい人だと思うのは、わたしだけでしょうか？

結局、わたしたち仲良し3人グループは解散。後輩夫婦は離婚しました。わたしは、先ほど書いた2パターンの男の人にふられ、今の夫と出会いました。本当のこととは、なんでしょうか。最善の方法とは？　また夢うつつでこんなことばかり考えて、あ〜！　今日寝不足!!

ぐんきち

唐突ですが、元祖お囃子《はやし》カントリー『ぐんきち』を知っていますか？　主に鉄道ソングを作って歌っているバンドユニットです。お囃子カントリーというくらいですから、寄席の出囃子などに使う篠笛と、カントリーミュージックには欠かせないバンジョーで演奏。そこにギターも加わり、音に深みを与えております。この三つの楽器で構成されているこぢんまりしたバンドです。ここ数年、急にはまっています。

ある時、友だちが久しぶりにライブをやるというので、大学生になった息子を連れて行ってみました。大阪ミナミのはずれの方にある、古いビルの地下室、塗装の剥げ落ちた壁は黒塗りでタバコ臭い、いかにも80年代の雰囲気を醸し出したライブハウス、もちろん平成生まれの息子には、初めての世界だったと思います。わたしにとってもなんだか久しぶりの空間でした。ここで、その友だちのバンドの前座として登場したのが『ぐんきち』です。車掌さんの出で立ちで篠笛を吹き、マニアックな鉄道ネタを歌っている、主人公は電車で、電車の気持ちになって歌っているー!!　愛だの恋だの歌ってるものが多い中、こんなの初めて！　全然知らなかったけど、たまたま見てしまったけど、なんか面白〜い。自分の中の鉄分が目覚めていく〜。これが、『ぐんきち』との出逢いです。

帰り道、あまりしゃべらない息子に恐る恐る「はじめに出てた『ぐんきち』、よくなかった?」と聞いてみると、「僕もそう思った」とのこと。普段は何にも趣味の合わないわたしたち親子が初めて共通のものを好きになった嬉しい瞬間でもありました。それからです。ぐんきちの追っかけが始まったのは。

うちの近所の店でライブがあるというので早速出かけました。本当に狭い店でぐんきちの3人がすぐ目の前、大興奮です。歌ってる内容がまたかわいい。大阪に唯一残る路面電車の阪堺《はんかい》電車は、駅名も『天王寺駅』とは言わず、『天王寺駅前駅』と控えめなジェントルマンだとか、電車と電車の連結部分を覆っているホロだけをフィーチャーし、ホロの悲哀を歌ったり、少し前まで電車と自転車の通る道が並行して存在していた、赤川鉄橋を舞台に描いたなんとも幻想的な物語の朗読やら。ちょいちょい電車のモノマネなどもあったりで、その電車に乗ったことのある人なら、きっとクスッと笑えるあるあるがいっぱいなのです。

メインボーカルと篠笛を担当しているのは、落語家の桂しん吉さん。笛の名手でありますし、朴訥《ぼくとつ》な歌唱がなんともほのぼのします。鉄ちゃんはこのしん吉さん一人で、子どもの頃は阪急電車になりたかったそうです。車掌さんの衣装がめちゃくちゃ似合ってます。バンジョーの宮

村群時《ぐんじ》さんは、普段は珍しい書生節《しょせいぶし》をされていますが、楽曲のすべての作曲と詞のアレンジを手掛ける才能の持ち主。群時さんがいないと何も始まりませんねぇ。ナチュラルな『合いの手』が絶妙でお上手！　お人柄にも癒されてます。もうひとり、ギターのげんさんはとてもクールで、ステージではほとんどしゃべりません。ニコリともせず、曲のアレンジとレベルの高い演奏テクニックで魅了してくれます。それが一旦ステージを降りるととてもチャーミング。

私生活については、想像ができません。ほんとにげんさんは謎の人です。メンバーでさえ何してる人か聞かないようにしています。この間、足を凍傷したと言って引きずっていました。謎です。この3人のキャラクターは見事にバラバラですが、この組み合わせがたまらなくよく、誰かひとり抜けても面白くはならないのです。

この日、とてもよいライブでしたが、お客さんは自分たち入れてたったの6人。わ〜〜、なんかもったいなすぎる。もっとたくさんの人たちにこの『ぐんきち』の面白さを教えてあげたい！　と思ったのが始まりで、思いきって、桂しん吉さんを訪ね、「可愛くて切なくて面白い、ぐんきちの歌が大好きです。うちでライブをしていただけませんか？」と無謀な大告白してみたのです。とても緊張しましたが、どうせダメもとです。答えはOK。とうとう追っかけがいきすぎて、ぐんきちのライブを企画するようになりました。どうやったらそんな企画できるの？　と聞かれますが、答えは単純なものですね。ただただ『これ面白い!!　大好き!!』この気持ち一つ。自分でも呆れます。

おもちゃのワゴン車

世の中に変わった人は、いっぱいいます。この間も、夜遅く、夫が出張から疲れて帰宅すると、玄関で女の人が高校生の息子に一生懸命話しかけているというのです。息子はとても困惑した表情を浮かべていたそうです。なんかの営業か？　でも子どもにセールスしても仕方ないだろうと近づくと、それは、以前鹿児島でお世話になったKさんでありました。だいたいこんな時間にノーアポで訪ねてくること自体、信じられませんが、話を聞くとこういうことでした。

同じ鹿児島で本屋さんをしていたIさんがお亡くなりになった。Iさんは夫（絵本作家の長谷川義史）のファンであり、生前、自分の乗っていた白のワゴン車に「長谷川さんに絵を描いて欲しいなぁ～」と言っていたので、これに描いてもらいたいとおもちゃのワゴン車を差し出された、というのです。

Iさんにはお世話になったこともあるし、そういったお願いは、面と向かって断りづらいですよね。もちろん引き受けて描くことにしましたが、なんせ日々大変締め切りに追われ、忙しいものですから、描かずにほったらかしになっていました。するとしばらくして、「来週大阪に行くので取りに行きます」とメールがありました。夫は、慌てて、そのおもちゃのワゴン車に絵を描いて、いつでも渡せるように用意をしたのですが……。

わたしは、このことを考えれば考えるほどだんだん腹が立ってきました。だいたい当のIさんは亡くなっているのに、このおもちゃのワゴン車を誰が喜ぶというのでしょう？　Iさんはご自分のワゴン車に描いてもらいたいと口走っただけで、マジでお絵描きした車は、使えませんし、描いたのはワゴン車ではなく、おもちゃのワゴン車です。そして、お仏壇か何かに供えられたワゴン車のおもちゃを、Iさんのご家族は喜ぶでしょうか？　長谷川義史が描いた、といったところで、ご家族にとっては、「は？　誰？」という程度かもしれません。ピカソじゃないんですから。知らなければ何の価値もないもの。たぶん埃かぶってその辺にポイッ、でしょう。行く末を思うと悲しいです。

この一件で一番喜んでいるのは間違いなくKさんです。ものすごくいいことしてる!!　と思っているに決まってます。悪いことしてる気は一切ないでしょう。だって、こんな、誰かの小さな願いを叶えるためだけに、わざわざ鹿児島から出向いて、すごい勢いでお願いに上がり、プロフェッショナルに無償で仕事をさせ、それをご家族に届けることにより、ものすごく感謝される！　どうです？　わたしの行動力。この情熱。この優しさ！　わたしって素晴らしい!!

……あ～～、どんだけ自分が好きやねん。偽善者か！

ますます頭にきます。
こういった『人の悲しみ』を切り札にして、個人的な頼みごとしてくる人がいっぱいいます。例えば、「子どもが病気で入院します。元気付けてやりたいので、サイン本と似顔絵を送ってください」的な。本を買ってサイン、ではなく「ください」ですから。それでも、かわいそうに思って対応したこともありましたが、あまりにも似た

ようなお願いが多いので、ほんまか⁉　と、宛名のキラキラネームと住所を調べてみると、すすき野のホステスだったりして。本当に信用できません。真実を見極めるために、文面を睨んでばかりいたので、洞察力がつきました。

「おもちゃのワゴン車に絵、描けましたよ」とメールすると、「ありがとうございます。きっと家族に届けます。住所知らないんですけど」と、いうお返事が。ああ〜、またご家族の居所を訪ね歩く旅をして、ノーアポでいきなりインターホンを押すのでしょう。急に来た知らない人に、ワゴン車の物語をまくしたてられ、せめてお線香をあげさせて欲しいと家の中に上がり込み長居する。ご家族は、うちの息子のように困惑することでしょう。目に浮かびます。

いいこと思いつき、訪ね歩く冒険の旅をして、道々で友だちを巻き込みながら、静かに暮らしている人をビックリさせ、悦に入る。これが、Kさんの超、人迷惑な趣味です。おもちゃのワゴン車は今もKさんの手元にあるそうです。もう、うちには来ないでね。

運動会

この頃の小学校の運動会では、組体操がなくなり、徒競走がなくなり……花形と言ってもいいほどの競技がどんどんなくなっていくので、面白くない、というかうすら寒いものを感じています。

うちの息子たちが通っていた小学校は、児童数が少なく、学校の行事は縦割り班と言って、1年~6年までが2~3人ずつ混ざったチームでの活動が多かったのですが、まぁお掃除や遠足の時は高学年の子が面倒を見てあげたりして、微笑ましい面もありましたが、いざ、ドッチボールとなると、かなり無理がありました。なんといっても低学年はまだ体も小さいので弱く、すぐにボールを当てられてしまいます。試合中、一度もボールを持つことがないのがかわいそうだ、と言ってある6年生の子が小さい子にボールをもたせてやり、案の定すぐまた負けたのですが、この6年生の子がしたことは素晴らしい！　優しい！　と、懇談会で担任の先生が褒めそやすのです。保護者の方たちも「ほお~」と感心し、拍手したのですが……わたしはなんだか、モヤモヤしたものを感じてしまいました。

そのあとの学芸会でもそうです。主役のお姫様が4人もいるのです！　場面場面で人が替わってしまっては、とても違和感を感じてしまいますが、観客も自分の子どもだけ見られればそれでいいのでしょう。なんでうちの子が、端役なの!!　と怒鳴り込んでくる親がいるかもしれませんね。先生はすごく親の顔色を窺《うかが》って、問題を起こさず、親の満足するようなやり方をせっせとやっているだけにしか見えません。

いつも主役になる子、絶対主役は廻って来ない子がいてもいいじゃないですか。こういう子は裏方で才能を発揮するものです。だいたいわたしもこういう時は、主役のお姫様が妬ましく、指をくわえて隅っこで看板の絵ばっかり描かされていたものです。おかげで、今でもそれが仕事になり、生きる糧《かて》になっています。子どもの頃、誰でも主役になれるという世界で生きてきた子が、どうなっていくのでしょう。主役はそんなにたくさんは要りません。自分に合った、歩むべき道を踏み外しそう。とんでもない勘違い人間にならないことを祈ります。

子どもたちもこのほんわかした長閑《のどか》な小学校を卒業し、中学高校、受験戦争も経て社会に出て行くということになります。社会に出れば弱肉強食は当たり前。厳しい現実が待っています。走りっこで順位をつけない、というのはおかしくないですか？　子どもは早い時点で自分の得意なことに目覚めたほうがいいし、これは、自分は苦手だということにも気づくべきです。走りっこで順位をつけない、というのなら算数でも点数をつけないでほしいです。でもこっちの

方は、容赦なくカチーッと点数で順位をつけて判断されますけどね。点数で計れない算数の教育法も考えてみてはいかがでしょうか。

とか、ブツブツ言いながら運動会のお弁当の時間。ここは、かろうじて家族とお弁当を広げられる楽しいひと時です。中には、こんな時寂しい思いをしてしまう子がいるかもしれません。それはそれを思いやって、「〇〇くん、一緒に食べよう」という子がいるかもしれません。それはそれでいいんじゃないですか？　子どもの頃、こんなに寂しいことがあったとか、こんなに誰かに優しくしてもらった、とかいう気持ちは、心の財産です。マンモス校の運動会では児童は給食、親とは別々に食べると聞きました。みんな平等に、というけれど、みんな同じように普通で、満遍なく何事も起こらず、平凡な子ども時代を過ごして、どんな大人になるのでしょう？

たぶん果てしなく普通の人かな？　そういう人は、あんまり魅力がありません。子どもが大切すぎて、マイナスと考えられるものを全部取り除いているようですが、プラスのことばかりを与えたからといって、必ずしも功を奏すとも思えませんし、もちろん天才を生み出すかもしれません。それは、素質によっても違うし、結局わからないのです。とにかく、みんなそれぞれに、いろんな経験をしていろんな考えを持ち、それを想像力につなげてほしいなと思っています。

では、いただきま〜す。

ティッシュ

夫が爪を切っていました。何気ない日常の風景です。ただ、これについては、常々思っていることがあり、言おうか言うまいか毎回迷っては、「やっぱりやめとこ」となっていたのですが、なんとなく今日は言ってみようという気になり、言いました。

「あのさ〜、爪切るときはティッシュじゃなくて、要らない広告の紙使ってくれる?」

無視しているので再び、

「ゴミにするためだけに、新しい紙を使わないでって言ってんの」

と、追い打ちをかける。

「なんでや、細かいことといちいちうるさいな」

こういう時、絶対素直に「うん」とは言わない人であります。

わかってますよ、お忙しいのは。

「そんなことに気を配っている余裕もないかもしれませんけど」

「ええやんけ」

これでやめとけばいいのに、今日は体調も良かったせいか、とことん言ってみようという気になってきました。

「よくないの」

「何がや？」

「環境によくないやん」

「ティッシュ1枚でどうこういう話と違うわ」

「だからそういう意識を持って、ということなの」

「もっと無茶苦茶なことしとるやついっぱいおるわ」

「そういうことする人は、その意識がないからやん」

「どうでもええわ」

「どうでもよくないわ。エネルギーには限りがあるんやで」

「うるさいなぁ」

「だから、素直に、『じゃ、そうするね』って言ってくれればいいやんか」

「いや、せぇへん」

「そのティッシュ1枚作るのにだって、どんだけエネルギーがかかると思ってんねん」

「はぁ？　超微々たるもんや！」

「じゃ、そのティッシュ、自転車漕いで買いに行くわたしのエネルギーは？　ゴミがその分増えて、ゴミ出しするエネルギーは？　広告の紙を利用せずに、紙のゴミとしてひとまとめにくくるエネルギーは?!　それが全部ちょっとずつ省エネできるんや」

「知るかーー！」

どちらも絶対譲らないのであります。自分が間違ってるという気がないし、相手が全く折れないので、ムカムカだけが残ってしまいました。

どうして、夫婦はお互い素直に「うん、そうだね」が言えないんでしょうか？　本当はいつもそばにいる人に共感してもらいたくてもらいたくて、仕方がないというのに。なんだか天《あまの》邪鬼《じゃく》になってしまうんです。例えば窓を開けて、「今日はいつもより空が青いね」って言ったら「目ぇわるいんちゃうか」じゃなくて「そうだね」って言ってくれる、ただそれだけで女は満足なんですよ、ってことを世の男性に教えてあげたいです。よく夫婦は鏡、というので、自分も同じくらい悪いとこがあって、夫の意見にいちいち反論しているのでしょうけどね。

こんな時、友だちの存在はいいですね。だいたいは、わたしの意見に「うん、そうだね」を返してくれます。それがお互い気持ちいいので、友だちとのおしゃべりは弾むのでしょうね。FBの「いいね」が流行るのもとてもわかります。だいたい古《いにしえ》の詩歌にしてもそうです。紫式部も同じこと。月を見て自分が感じたことをしたためて、その詩を想い人に付《つ》け文《ぶみ》するでしょう。一番愛する人に、自分に同調してほしい！　という願いが、文芸の始まりと言ってもいいくらいだと思っています。

午前中、カッカカッカこんなことばかり考えて、ティッシュ1枚にとんだエネルギーの無駄遣いをしてしまいました。

おうえんカレンダー

これが平和と意識せずに、ぼんやり暮らしていたら、知らない間にこの国は、恐ろしい方向へ向かおうとしています。今みんなで全力で止めなければ!!

2011年3月11日、東北地方太平洋沖地震による災害が起こりました。人間は弱いもの、大自然の力には抗うことはできません。しかしその二次災害である福島第一原子力発電所事故による災害、これは許すわけにいきません。かといって、自分はこれまで無関心に過ごしすぎました。加担していないから悪くないのではなく、無関心は加担しているのと同じだと今は思っています。あの日以来、政治家でもないわたしに何ができるのか考えました。結局、自分にできることしかできない、という結論に達し、わたしと夫は得意な絵で訴えていこう、と決めました。

『戦争やめて!』『原発なんかいらんねん』『平和が好き』などのシールを印刷し、同じ気持ちになってアピールしてくれる人たちに配りました。このシールの良いところは、人前に立って大声で叫ばなくても、ちょっと友だちや知り合いに気軽にハイっと渡せるところです。大声で叫ぶと引かれそうです。実際、自分のやっている工作教室で声に出してお母さんたちに訴えたところ、次の週から来なくなってしまった人たちがたくさんいました。シールなら受け取るほうも貰いやすいし、ナチュラルな感じにアピールできます。この時重要なのは、絵柄、デザインがカッコイイ、そして好感が持てる可愛いものでないといけません。ダサいものはやっている活動自体までダサく思えます。活動されている方はそこまで意識していないかもわかりませんが、カッコイイデザインはその活動もカッコヨク思えます。人はカッコヨク生きたいものです。わたしはこれこそがデザインの力だと思っているのです。だからデザインや絵の力で訴えたいのです。

3年前から、絵本作家12人の仲間と12枚の絵を描き、カレンダーを製作し、その売り上げを原発で被害に遭われた子どもたちを救うための活動をしてる団体に寄付しています。この『12人の絵本作家が描くおうえんカレンダープロジェクト』で代表を務めるのは、水戸晶子さん。福島の子どもたちを救いたい、その思いに賛同する絵本作家12人です。

チェルノブイリ事故後30年ウクライナでは、今も国の責任として次世代の子どもたちの保養が取り組まれていますが、日本では、すべてがボランティア頼みとは、信じられませんね。2018年のカレンダーの収益は、原発事故で被災した子どもたちを受け入れている保養実施団体に資金の助成をおこなったり、スタッフの研修会を開催されている『一般社団法人　子ども被災者支援基金』に贈らせていただきました。そして、被災地に置き去りにされた動物たちの保護活動を行っている『SORAアニマルシェルター』にも寄付させていただきます。そして、この活動をこれからも精一杯続けていくつもりです。ぜひぜひ、みなさんご協力ください。

カレンダーの出来栄えは、毎月めくるのが楽しくなるほど、本当にいい絵が12枚揃っています。それぞれの作家のメッセージが絵から伝わってくるはず。わたしたちももちろん参加しています。スケジュールの書き込みもでき、とても使いやすくて、1冊1000円と手頃な値段。もちろんデザインは、カッコイイ！　です。また年末から新年に向けてカレンダーの原画展も各地を巡回します。ぜひ原画もお楽しみくださいね。原画には、印刷ではわからない筆のタッチ、作家の想いが溢れています。

この地球は、もう元の状態に戻ることはできません。人間は間違いを犯してしまう地球上唯一の動物です。でもまた、それに気付いたとき一つ一つもとどおりにしていく知恵もあるはず。戦争や原発は要らないし、森を絶やさず、あらゆる生き物と共存し、健やかに幸せでありたい。そうして、わたしたちは、どんなことをしてでも未来を生きる子どもたちに『美しい地球』を残してあげたい。残さなければなりません。それが、こんな地球にしてしまった大人たちの役割です。

HIROE
AOKI'11

塩ラーメン

わたしはまた失敗しました。年を重ねるごとに失敗の数は増えていきます。普通若い時の失敗を経験することにより、失敗は少なくなっていくはずなのですが、わたしの場合、学習能力がないんでしょうね。バカなんでしょうね。失敗はどんどん増えていくばかりです。

この頃のわたしは、子育てもそろそろ終わりに近づき、ゆっくりできそうなはずなのですが、相変わらず家事に仕事に趣味にとても慌ただしい日々を送っています。それに加え夫の仕事のスケジュール管理や打ち合わせなども引き受けておりますので、もう毎日パニックしています。本当はライバルでもある夫の仕事の手伝いなどは一切やってあげたくはありませんが、最近ありがたいことに、忙しくて仕方ない夫の手助けをしないと回っていかないくらいなので、仕方なく手伝っています。わたしだって仕事があるので、困ってしまい、とてもしっかりした他人に頼んでうちに来ていただいたこともありますが、しっかりしているが故に、わたしは逆にその人にミスや抜け落ちをつっこまれてばかりで、逆に超ストレスがたまってしまい、そのうちその人がうちに来ることが恐怖へと変わり、とうとうお断りする羽目になってしまいました。

なので自分ががんばらないとまた誰かにつっこまれる、という恐怖で夫の仕事を手伝っています。

先日、夫は北海道から夜遅くに帰ってきました。風邪も引きかけており体調も悪いというのに翌日はまた早朝から講演会です。せめて30分でもゆっくり出かけてもらおうと急遽予定の時間を変更し、遅くなる旨を相手先にメールしました。ところがちょうど連休中でそのメールは誰の目にも触れず、予定していた電車の特急が当日購入できなかったということが重なり、結局50分も相手先をお待たせすることになってしまいました。

わたしが夫の体調を気遣ったことが全部悪い方へ転じ、相手先にご迷惑をおかけするという結果になり、夫に叱られました。もちろん相手先にも平謝りしましたが、夫に怒鳴られた時、これが3年前なら「なんやねん！　私にばっかり任せっきりで！　自分は何にもしないで失敗だけを怒ってばっかり!!」と言い返して泥沼のような夫婦喧嘩に発展するのですが、今回、なぜかもうこちらも言い返す気力が無くなってしまっていたのです。ただただ「すみませんでした」と謝りましたが、うわ〜わたし今、体にすごくストレスを抱えてしまったな〜と感じました。がん細胞がブツブツと増殖したような気がしました。わたしはその日夫の腹巻を手作りしていたものですから余計に悲しくなって……。

それからはちょっと鬱病のように黙りこくってしまい、必要なこと以外何も話さないという日が続きました。こんなことはよくあることです。

友だちに話すと「それはひどい！　ブランド品のバッグでも買ってもらわないと許せない！」と同調して怒ってくれました。でもわたしはブランド品にはいっこも興味がありません。そんなものは要りません。わたしがほしいのは、「ありがとう」の言葉なのです。どうしてこんなに簡単なことができないのだろうと不思議に思いますが、夫は最先端の仕事をしていても、根は古いタイプの日本の親父なのでしょうね。もう何もかも捨てて家を出て行こうか、わたしは一人でも十分生きていける。生活力には自信があります。なぜ怒られながら苦労してこの家にいなければいけないのか、思い詰めていました。

とか悶々としながらもうお昼時、リビングから「飯出来たで」と夫の呼ぶ声。行ってみると塩ラーメンが二つ作ってありました。野菜もたっぷり入れてあります。毎日主婦をしていると、たまに誰かに作ってもらったご飯ってものすごく美味しいですよね。ここんとこのわたしの様子を見て、反省したのか？　割と可愛いとこもある人です。こんなことでわたしはもう、ちょっと機嫌を直してしまいました。

「わ〜。美味しいわ。店で食べるより美味しい！」

塩ラーメンで機嫌直すなんて、つくづく安上がりな女です。

大人と子ども

人は、一体どの段階で子どもから大人になるのでしょうか？　大人とは？　子どもとは？　いきなりですが、今回は、そこんところを徹底研究してみたいと思います。

うちには、体は大人ですけど精神的には5歳の頃から大して変わらないと思える男子が3人もいます。相変わらずのクソガキぶりに辟易《へきえき》しています。

長男は社会人になり、仕事場で「先生」とか呼ばれていますが、家に帰ってくるなり「お腹減った〜ご飯何？」なのであります。ご飯を食べ終わると「ちょっとぉ、お茶碗くらい片付けたらどうなの！」と毎日、お母さんにたしなめられているどえらい先生なのです。全くもって呆れた先生です。次男は、成人の日に壇上で、これから成人としてなんやかんや……と宣《のたま》っていましたが、自分の留守中に、他の家族が外食に出かけていたりすると、地団駄踏んで怒ります。三男は、静かで長い長い反抗期真っ最中、今日あった出来事はお話ししてくれませんが、毎日お弁当のダメだしをしてきます。体はみんな健康なのだから文句を言ってはいけませんが、いつまでこんなに子どもなんだ、とため息がでます。とにかく、大人とは、体の成長だけではないということだけははっきりしています。やはり、精神的な成長が大人になる、ということではないでしょうか?

実はわたしは、その大人と子どもの境目をはっきりと記憶しています。17歳の夏でした。南沙織の歌のような素敵な夏ではありませんでした。田舎の女子高生だったわたしの趣味は絵を描くことと、うどん作り。あくまで、やってることがダサいのですが、なぜか、その時うどん作りにはまっていて、強力粉と薄力粉を半々に混ぜ、青春のモヤモヤを小麦粉にぶつけて、練ったり踏んだりしていました。失敗を繰り返し、台所を粉だらけにして怒られつつ、そのうちに麺を手打ちするだけでなく、出汁をしっかり取るのはもちろんのこと、ネギやかまぼこもそれらしくトッピングし、まぁまぁ美しく仕上げられるようになりました。家族分のうどんが出来上がりました。器もバラバラなので、大きいのがあったり、小さいのがあったり、かまぼこの端が入ってしまったものや、ちょっと出汁が足らなくなってしまったもの、バラバラです。でも、みんな「将来うどん屋になれるね」と褒めてくれました。

いつもなら、そこでわたしは自分が一番大きくて上手にできたのを、当然とばかりに先に食べていましたが、それがその日は、急に一番上手にできたうどんを、まず、お父さんかお母さんに食べてほしい!　と思ったのです。その次に他の家族。で、一番最後の出汁の足らないかまぼこ切れ端うどんを自分用に、と強く思ったのです。その感覚は、それまでの自分の中に全

くなかった概念でした。「あ、今わたし大人になったんじゃないかな！」と思った瞬間でした。それからはずーっと、現在に至るまで、きれいで大きい、いいものから人に回すのは当たり前になりました。大人はみんなそうしていますよね。自分のことより、相手のこと。これは、本当に子どもにはない感覚です。たまに、自分本位の子どもの感覚のままの大人もいますが、よっぽど取り立てた才能の持ち主でない限り、ただの恥ずかしい人です。

ここまで言うと子どものままっていうのは良くないことのようですが、もちろん、子どもにもいいところがいっぱいあります。子どものままでいたいのは、研ぎ澄まされた感性です。例えば、ものごとに感動したり、喜んだり、泣いたり。好奇心もいっぱいで、いつも目をキラキラ輝かせていたいと思います。うどん屋になる夢を持ちつつ、前を向いて暮らすのです。大人と子どものいいとこを兼ね備えてるというのが理想ですねー。

とはいうものの……友だちにもらった美味しい地酒、冷蔵庫の奥の方に隠しておいたはずが、知らない間に空に！「ちょっとー!!」こればっかかりは怒りが収まりません。まだまだ、うどんの修行が足らん！といったところです。

鍋

みなさん、風邪ひいてませんか？　あったかいお風呂に入ってますか？　それにしても寒くなりましたねぇ。鍋の恋しい季節です。鍋ほど手軽で満足できる夕食はありません。今でこそ、子どもたちが大きくなり、帰る時間もまちまちなので、回数がぐっと減りましたが、まだ上の子が中学生くらいまでの頃は、週に5回は鍋をやっていたような気がします。ほとんど毎日、と言ってもいいくらいですね。こう鍋が続くと鍋にもバリエーションを持たせなければなりません。まず我が家の定番は、スープ味の豚しゃぶ!!　友だちをうちご飯に誘う時の決め台詞は、「豚しゃぶする?」であります。豚はビタミンBが豊富で疲れを取り、アンチエイジングの効果もあって、何と言っても牛肉より安い。わたしがどれほど肉屋で豚しゃぶ肉を買っているか、肉屋のご主人に聞いてもらえばわかります。たまには牛肉も買えよって話ですが、キロ単位で購入しているのだから、豚ばっかりでも許してください。

次によくやるのが鶏団子鍋。この鶏団子がとても自分好みのオリジナルなのです。鳥のミンチに、生姜と白ネギのみじん切りをこれでもかっというくらい混ぜ込みます。そして、子どもたちの苦手なひじきをザクザクッと切ったものを放り込んで、塩、コショー、片栗粉でまとめます。それをスプーン2本で団子の形を作り、グラグラ沸騰した鍋に落とすのは、男子が担当します。もやし、ニラ、白菜、油揚げ、ねぎ、エノキダケ、なんかをバンバン投入し、団子が浮きあがって火が通ればできあがり。団子の形と肉の味で、ほとんどひじきが気にならなくなり、子どもたちが騙されてばくばく食べるのを見ていると、「ふふふ、やったね」という気になります。

味の付いた鍋が続き、もうたまにはあっさりアンコウやタラで水炊きでもしたら？　とお思いでしょうが、うちのような運動部系男子の家庭では、登場しません。こんな時はカレー鍋にしてみるのです。これまでの鍋をカレー味にし、最後に入れるシメをラーメンからうどんにしてみるだけで、ちょっと目先が変わります。「こんなもので騙されるか！　結局昨日の鍋にカレー粉入れただけやん」と小学生からクレームが出た場合のスペシャル鍋はこれです。イカの辛味噌鍋。土鍋でごま油を熱し、生姜のみじん切りをどっさり炒めます。続いて、新鮮なイカのはらわたと赤味噌、コチジャン、豆板醤を混ぜ、じっくり炒めます。そのあと、刻んだ生姜とイカ、アサリ、牡蠣、鯛などの海鮮を入れ、味噌が絡むように炒め、スープをひたひたに入れ、沸騰したら野菜類きのこ類を放りこんでできあがり、ちょっと韓国風の辛い鍋ができます。子どもがいる場合は、豆板醤だけ別にしておいて、食べる時に自分の器に好きなだけ入れたら

いいんですよ。

そして、おでんを忘れてはいけません。うちではちょっとだけ珍しいものも入れてみます。例えば長芋、これがシャキシャキと思いきや、ホクホクになって美味しいんです。それから水菜の巾着。油揚げの巾着の中身は水菜とネギの刻んだものと生姜のすりおろしを混ぜたもの、爪楊枝で口を塞いでおでんの汁で煮込むと、とてもさっぱりして、普通はおでんにない青菜も食べられるので、嬉しいでしょう。

なんだかんだ言っても、鍋で一番のご馳走はすき焼きです。たまには肉屋で牛肉も買います。肉屋のご主人も「おおーっ！　今日はどうした⁉」目がそう言っています。そういえば、結婚当初、このすき焼きで揉めたことがあります。夫の実家ですき焼きをごちそうになった時です。見慣れないものが入っています。この白いのなんだ？　と思ったら、なんとジャガイモでした。びっくりです。ジャガイモはすき焼きの甘辛い肉の味を吸って、ブサイクに煮崩れ、それはそれで美味しいんですが、でもこれって、すき焼きじゃなくて……肉ジャガやろーー‼

100軒の家があれば100通りの鍋があるもんですね。我が家でも毎日のように鍋を囲んでいたあの頃、人生で一番いい時代だったような気もしています。

うちの奥さんのこと ②

長谷川義史《はせがわよしふみ》

うちの奥さん"あおきひろえ"さんは
数年前から落語にはまって
おられます。
寄席を観に行くのはもちろん、
自らもプロの落語家さんがおし
えてくれる教室にかよっています。
今ちょうどけいこをしている
のが「時うどん」という
有名なネタです。
そんなうちの奥さん。

先日めずらしく風邪をひいて
熱を出して寝込んでしまいました。
だいじょうぶかいなと思っております
と…あっちのへやでふとんを
かぶって寝ている奥さんの声が
きこえてきました。
見に行くと何やらくるしそうに
うわごとをうなっては、
ずーずーずーと息をして
います。「しっかりせえ!」ぼくが
言いますと……
なんとうちの奥さん熱出して寝込み
ながらふとんの中で落語「時うどん」の
けいこをしていたのであります。

フレンチ

先日、夫が落語会の帰りにいいとこへ連れてってあげるというので、わーいわーいと付いて行くと、超高級ホテルの中にあるフランス料理の店でした。エレベーターでその階に降りるなり、通路までふかふか絨毯《じゆうたん》が敷き詰められているので、

「なんなの〜？　こんなすごいとこへ来るんだったら、こんな格好してこなかったのに」と、自分のちょっとウエストゆるゆるな、ラクチンスタイル、ぺちゃんこ靴を履いてきたことをとても後悔してしまいました。

10分ほど早く着いたので、「中に入って座って待たせてもらえば？」と提案してみましたが、こんなちゃんとした店では、予約した時間にならないと中には入れてもらえず、入り口付近の椅子に座って待つのが流儀のようでした。ようやく時間がきて、係りの女性が「お荷物をお預かりします」と言うので、「あ、これ？」とわたしが差し出した上着はあまりにふにゃふにゃの、丸めておいた方がよかろう上着だったので、渡すのを躊躇《ちゆうちよ》したくらいです。そしてカバンは、自分達が座っている椅子と同じ布の張ってあるロココ調の椅子の上に置くのだそうです。

猫の椅子かと思いました。

そして差し出されたメニューには、「鴨のヴァプールほにゃらら風味のカプチーノ仕立て」とか「牛ヒレ肉のポワレ　フランジなんとかベキサス風」とか。イミワカラン～。『鴨』とか『牛』とかのすぱっと脳に訴える文字だけで、メニューを選択するのでした。七三に分けたボーイさんの髪型とか、大阪人のはずなのに標準語で喋るとことか、パンクズをささっと小さいヘラみたいなやつで掃除して行くところとか、いちいち全部が可笑しくって、全然笑うとこじゃないのに。これは無作法すぎて全然ついていけない自分の悲しい防衛本能かもしれませんね？

出てくるお料理はどれも美しく、素晴らしく美味しかったのですが、内心「アスパラガスをこないに滑らかに磨り潰さんでも、さっと塩ゆでしたやつ、美味しいで～」という気がしないでもないです。でも、フランス料理というのはこういうものなのですから、当然です。シャンパンも癖がなくとてもいいものだ、ということがよくわかります。そして、ワインのテイスティング！　これがまた、こっぱずかしい！　石原裕次郎みたいな、といえば目に浮かぶでしょう？　あのグラスにちょこっと注いで、くるくる回し、香りと味を確かめる、あれです。この一連の仕草、今までテレビでしか見たことなかったような動作を目前でされた時には……どんな顔していればいいのやら。笑っていいものかどうか？　体が痒くなってきました。アレルギ

ー症状でしょうか？

田舎者のわたしは、こういう時おしゃれな会話が思い当たりません。今更気どる必要もないのに、ついつい場の空気で、そんな気になります。一刻も早く店を出たいがために、急いで食べ、しかも緊張のあまり、間違えてデザートを追加で頼んでしまい、もう苦しい！　というくらいお腹いっぱいになって……さぁもう帰るというとき、なんて言えばいいんでしょうか？

夫は、ためらいもなく「お勘定！」と言っていましたが……なんか違う気がする……。

そんなこんなで、せっかく大奮発して連れてってくれましたが、四半世紀も連れ添って、わたしのことちっともわかってないのね。所詮そんなものですね。でも、その気持ちは、たとえちょっとピント外れだったとしても、褒めるといたしましょう。わたしは「偉大なパパだね」と言いました。

まぁ、これも話のネタにしておくか、と今日は、いつもの立呑みに来ています。最近は立呑みと言ってもカジュアルで女性のお客さんにも人気です。店に入った時、すでにお客はいっぱいでしたが、みんなでちょっとずつ詰めて二人を隙間に入れてくれました。わたしは、このスタイルがとても気に入っています。『ほうれん草の卵とじ』や『イカリングフライ』を割り箸でつつきながら、とてもリラックスしておしゃべりします。もうフレンチはええから、イカリングの首飾りしたいくらいです。

落語にハマる

こんなタイトルの雑誌がこの間、出ていたような気がするが、最近のわたしの落語へのハマり方はすごい。例えると平坦な道を歩いていたら突然、マンホールの蓋が開いていて、そのままズボッと穴に落ちたような感じです。落語の追っかけはもちろんのこと、落語講座に通い落語を覚えて、素人落語会をやってみたり、好きが高じて自宅を寄席小屋にしてしまいました。それが南森町にある『ツギハギ荘』です。はじめは、落語以外にもいろいろな用途でレンタルしていましたが、この頃はめっきり落語会が増え、嬉しい悲鳴をあげています。

もともと、落語なんて全然好きではありませんでした。子どもの頃は、落語の存在すら知らなかったくらいです。関西に出てきて、落語を見る機会がありましたが、たまたま面白くないのを見てしまったのか、特に美形とは言い難いおっちゃんが着物を着て、ずーっと喋ってるわ、ああ〜、退屈……なんて、一体誰を見たんでしょうかね？　あの時。

10年ほど前、家の近所に天満天神繁昌亭という上方落語専門の寄席ができました。当時、上方落語協会会長の桂文枝《かつらぶんし》師匠の発案で、天神橋筋商店街や大阪天満宮に協力を得て、町の人の寄付によって建てられた、当時、大阪では唯一の落語の定席です。落語に興味のないわたしでも、天満宮や大阪城、USJに並んで、いかにも大阪らしい観光名所ができたと喜んでおりました。

あるとき、遠方からお世話になっている方が大阪に遊びに来る、というので、これはちょうどいいと、早速繁昌亭にチケットを買いに行きました。大事なお客さんのために、早くから並んで最前列の席をゲット！　繁昌亭はどこに座っても臨場感はありますが、その時はじめてかぶりつき席で見てしまったものですから大変です。たまたま演じ手がよかったのでしょう。わたしはいっぺんに魅了されてしまいました。落語は、たった一人が座布団の上に座っているだけなのに、演技一つで、衣装も変えずに何人もの人物になり、セットや装置も何もないのに、時間や場所を一瞬で飛び越えていく、イメージの世界は自由自在に広がり、ファンタジーでスペクタクルな世界を座布団1枚の上で見せてくれたのです。とても感動しました。これこそ、非常に高度な演劇なのです。まさに落語は座布団1枚の小宇宙です。

それからというもの少しずつ落語を見るようになりましたが、そんな折、いつも家族で行く焼き鳥屋さんの大将が、繁昌亭で落語を習っていて、高座名も持っている、と言って自慢してくるのです。大将があんまり繁昌亭の舞台で稽古している写真を見せびらかすので、ついつい「そんなもん、わたしにもできるわー」と、言ってしまいました。もともとお芝居が好きで、ちょこっと劇団に入っていたくらいなので、演劇がやりたかったのです。よく考えたら、落語って一人芝居でしょう？　協調性に欠けるわたしには、ぴったりの演劇です。繁昌亭の講座ではプロの落語家の師匠がご自分の技を惜しげも無くきちっと教えてくださいました。本当に厳しくて泣きそうに緊張しましたが、とても興味深くて、もっと落語が面白くなってしまいました。

落語の話は、繰り返し繰り返し、語り継がれているだけあって本当に話がよくできていて、文章の構成も練られており、言葉遣いも同じ言い方にならないように工夫されていたり、一つ一つのフレーズが小気味よく、リズミカルで、かっこいいのです。また普段耳にしないような古い大阪弁に出会うと、嬉しくてたまりません。「どんならんなぁ〜」とか「きなきな」「今時分〜」とか。真似してわざわざ使って、家族には、嫌がられていますが。

そして、落語はわたしに、これからどう生きてゆけばよいかをいつも教えてくれるのです。その答えは、「アホになって生きて行く」ということです。落語の登場人物は、酒好きで、不細工で失敗を繰り返してしまうけども、どこか可愛くて憎めない。周りを笑わせます。わたしはそんな落語の中の人々が大好きです。今までの背伸びばかりして苦しんでいた自分にさようなら。アホでええやん、そう思うとわたしは自分も他人も許せるようになり、とても『楽』になりました。

サンタクロース

先日、一緒に絵本を作っている、子どものあそびうたの世界では大変な人気の鈴木翼くんに会いました。わたしの手がける絵本の中ではダントツにヒットを飛ばしている『なんでやねん』という絵本のシリーズ（世界文化社）で、今度、『クリスマスでなんでやねん』を作ろうということになって、いろいろお互いのクリスマスへの思い入れを話していたら、なんと翼くんは5年生くらいまでサンタクロースを信じていたというではありませんか。いやマジで。友だちから、サンタクロースなんて本当はいないんだと聞かされたときは、かなりショックを受けたのだそうです。

わたしはそれを聞いて、逆の意味でショックを受けました。5年生まで信じている子がいるなんて！　翼くんのご両親はかなりの努力家というしかありません。実際、お母さんは、自分が森で妖精のような小さなおじいさんに会った話などを何度も話してくれたそうです。本当に見上げたお母さんです。

わたしはというと、物心ついたときから、クリスマスのイベントを認識した時点で、すでにサンタクロースはいないことも、大人が子どもに信じ込ませようとあれこれ画策するということも同時に知っていました。2、3年にもなると、友だちの中に「サンタクロースを信じている」なんていう子がいたら、アホかぶりっ子のどちらかだろう、と思っていましたから、なんて、ひねた子どもでしょう。

そんなひねたわたしでも、人の親にもなると自分の子どもには夢を持たせようと、ある程度は、努力をしてみました。子どもが寝静まってからプレゼントをセットし、早朝暗いうちからイルミネーションで演出をしておいて、子どもを起こす。クリスマスツリーのそばに小さい自転車が置いてあった時の子どものまん丸くした目は、本当に可愛いものでした。

今では、もうすっかり大人になってしまった息子に、

「あんた何歳までサンタクロース信じてた？」

と聞いてみると、

「1年生かな？」

……翼くんのお母さんには到底かないません。

でもこんな時決まって思い出す話があるのです。

その昔、ニューヨーク・サン新聞社に小さな女の子から手紙がきました。

『友だちがサンタクロースはいない、と言います。サンタクロースはいるのですか？　本当の

ことを教えてくださ
い』
その答えがこれで
す。
『友だちが間違って
いる。サンタクロー
スは本当にいるんだ
よ。かといってサン
タクロースを見たと
いう人は誰もいない。
でも人間の目に見え
るものだけが真実で
はないんだ。お父さ
んやお母さんが君の
ことを大切に思う愛、
これは目には見えな

いけど、本当に信じられるものだよね。他にも何かを純粋に信じる心、絵や詩や音楽を楽しむ心、人を思いやる心、これがなかったら、この世界は、本当に寂しいものになってしまうよね。目に見えるお金や物だけが人を幸せにしてくれるのではない。だから、サンタクロースはいるのです。それが人生を最高に美しく、喜びに満ちたものにしてくれるんだよ』

これは結構有名な話ですが、何回思い出しても胸が熱くなります。

にもかかわらず！　最近のサンタクロース事情はいかがなもんでしょうか？　幼稚園や保育園のイベントにサンタクロースの扮装をした園長先生。商店街にはアルバイトで雇った外国人のサンタクロース、また、本物のサンタクロース（サンタクロースの資格を取った一般人）を世界中に斡旋するやり手のブローカーもいるらしく……だいたいサンタクロースの資格って、なんやねん！　と突っ込みたくなるような話ですが。子どもたちはあちこちで何人ものサンタクロースに出会ってしまいます。こんなにそこらじゅう、目に見えるサンタクロースもどきがいる日本て？　どうゆうセンスしてんだろうか？　つけ髭のサンタクロースを見て子どもたちは、どんな風に思ってるのでしょうか？

「お母さん、あれ本物？」

やっぱり、翼くんのお母さんバリの力量が必要になってきますね、納得。

お正月

あけましておめでとうございます。皆様いかがお過ごしでしょうか？

今年のお正月、わたしはいつになく珍しいスタイルでお正月を迎えております。

なんと、家に一人っきり！　正確に言うと、シバ犬のチャイと二人きりであります。

野郎ども（夫と3人の息子）は、4泊5日で旅行中です。もちろん家族全員での旅行を考えてくれていましたが、わたしは年老いたチャイをどうしても置いていけず、自分だけ残ることにしました。まぁ、それはお気の毒に、と人からは言われますが、とんでもございません。わたしはこの留守番をとても楽しんでおります。だって、どんなところに行ったとしても、家族で行くと、まるでお茶の間をそこへ持っていったのと同じになるのです。宿に着くなり、みんなのお茶を入れたり、着替えを出したり。みんなに楽しんでいただけるような計画を立てて、添乗員のごとくご案内するのはわたしです。旅行中不手際がないかとても気を遣い、失敗はもちろん全てわたしの責任となります。結局とても疲れてしまい、何が楽しかったのか楽しくなかったのかわけがわからない状態です。思い起こせば新婚旅行の時からそうでした。わたしが連れて行ってあげたようなものです。性格的にわたしはそういうタイプなんですね。とにかく自分自身はちっとも楽しめないのです。

それが今回は、チャイのおかげで、わたしは堂々と家に残ることとなり、旅の段取りは、普段全くしない夫が四苦八苦してやっております。ザマアミロ、なのであります。さすがに留守番する人にやれ！　とは言えないですよね。ふ、ふ、ふ、いい傾向です。とてもいい社会勉強です。

で、このお正月、なにをしたいか？　が、これです。

①昼まで寝る！　あ〜、結婚してからこんなことはしたことがありません。もうなにもしないで昼まで寝たい！

②好きなテレビ番組を観る。うちにはテレビが1台しか有りません。ですので、私にチャンネル権が回ってくることはほとんどなく、もう諦めていましたが、とうとう私が好き放題テレビを独占できる日がきましたー！　ついでにとりためたDVDも観まくるつもりです。

③食事を一切作らない。一人で回転寿司に行くのです。

④岩盤浴に行って身体中マッサージしてもらう。1年の疲れが年を越して、ずっしりと体に溜まっています。

⑤落語会のはしごをする。これは時々やっているけど、気兼ねなくはしごする、ってことで。

あ〜、これだけできたらもう幸せ！

こうして箇条書きしてみると、なんか、どれもこれもどうってことのないことばかり。自分はこんなことがやりたかったんか⁉　なんてちっぽけな人間なんだ、と我ながら驚きますが、主婦はこんなことすらできないんですー！　同じ主婦の方なら理解してもらえますよね。

しかし、実際はどうでしょう。

一日目、とにかく寝てばかり、寝ながらつまらない正月番組を見て、丸1日を無駄に過ごし、一年の計は元旦にあり、と言うが、だらしない1日を過ごしてしまったから、きっと今年はだらしない1年になるであろう、と後悔。

二日目、新年の繁昌亭へ赴《おもむ》き、落語と新春大喜利を観る。天満宮へもお参りして、ちょっとお正月気分を味わう。晩御飯は、面倒臭いのでコンビニで調達、または残り物。

三日目、部屋を見回すと年末と変わらず散らかしっぱなし。そのうち家族が帰ってきて、ずーっと家にいながら片付けもしていない！　と怒られはしないが、目がそう言っているのが予想されるので、いろいろ掃除を始めるが、要領が悪く、かえってものを引っ張り出して、片付いた感じがしない。

四日目、明日帰ってくるというのに冷蔵庫は空っぽ！　スーパーに買い出し。いつもに増して、手がちぎれそうなくらい大量の食料を購入。肩がこる。

五日目、こんなに誰とも喋らないと口に虫がわきそう。早くみんな帰ってこないかな。やっぱりお母さんのごはんが一番いいね、と思って欲しいので、腕によりをかけて晩御飯を作る。

あ、もう五日間が終わっちゃった。

落語女子

落語にはまって、早7年。というか、まだまだ7年くらいのものですが、家の近所に繁昌亭ができたのがきっかけで、落語を観るだけでは飽き足らず演りだしたわたしですが、なんと周りには、わたしのような落語を演りたい人がいっぱいいました。この上方落語協会主催の『落語入門講座』(現在は終了しました)には、長年勤めたお仕事を定年退職された後、始められる方や、主婦、OL、劇団員など、いろいろな方々が落語を習いに来られていました。平均年齢は結構高く、暗記に四苦八苦している方もちらほら。ご自分より若い師匠に怒られて、見ている方がヒヤヒヤする場面もありで、なかなかエキサイティングな講座でありました。

わたしも暗記は久しぶりの作業で苦労しましたが、そのうちにただ言葉を丸ごと叩き込むのではなく、場面場面を映画のように頭に映し出していく、ということを習得してからは、覚えるのがとても楽になりました。毎回、覚えていったところを、舞台の上で演ってみるのです。緊張しますよ～。何と言ってもプロの落語家の師匠が直接、私たち一般人にお稽古をつけてくださるのですから。それもこれまでの落語家人生で培ってきたことを惜しげもなく、教えてくれるのです。とてもありがたいです。

半年で一つのコースが終了すると、全員もれなく、上方落語協会会長（当時）の桂文枝師匠から高座名をいただけます。これは、文枝師匠が思いつきとフィーリングでつけてくれるそうなのですが、わたしの『大川亭ひろ絵』という高座名は、職業を表す『絵』という文字も入っており、大変気に入っています。そういえば歯医者さんは『金歯』、元学校の先生は『蝶九《チョーク》』でした。

毎回の講座は、結構スパルタで、半年で2本、年間4本も！　一応覚えてしまうことになります。人間って怖いですね。一旦覚えると人の前で演ってみたくなるのです。みんな素人落語の会を作り始め、あちこちで落語会を開催したり、老人ホームや公民館に呼ばれたりと、ものすごい勢いで活動を始めたものですから、プロの落語家はたまったもんじゃありませんよね。何と言っても素人ですから木戸銭《きどせん》（見物料）を頂戴するわけにはいきません。お客さんは無料で観られるなら、と結構集まってくれるのですよ。需要と供給の一致ですね。

ちゃんとできてもいない素人落語を『落語』だ！　と演りまくるのは、いかがなもんか、とお叱りを受けそうですが、そこはお許しください。素人でもめちゃめちゃ上手で、ものすごく面白い人も結構います。とってもがんばっているんです。特にわたしの周りでは、女性の方が熱心な気がします。演ってる人も最近女性が目立っています。自分も含めて、こういう人たち

落語女子

をわたしは『落語女子』と呼んでいます。

そして、わたしたちは、とても熱心な上方落語の追っかけでもあるのです。どれだけ、わたしたちが落語好きで、お金と時間を費やして落語会に足繁《あししげ》く通っているか。時には友だちを引っ張って落語会に行くのです。こんなにいいお客さんは、ないでしょう？　落語家の生活を支えているのはわたしたちだ！　と言っても華厳の滝ではありません！（友人のギャグを拝借）

そんなわたしたちの年に一度の発表会『あなたのハートをぼったくる　ぼったくりバー落語女子』。ただの素人の落語会ですが、他人の噂話をせっせとしたりしないで、こんなことに力入れているわたしたちをよかったら見に来てください。毎年バレンタインの季節に開催しています。チョコレートに愛のメッセージを添えて、お迎えしております。

赤ちゃん

知り合いのご夫婦に赤ちゃんが誕生しました。待望の赤ちゃん！　しかも双子ちゃん！　やっとパパになれた喜びに浸っていたのも束の間、赤ちゃんと奥さんが退院して、急に大変な生活が始まったそうです。子育ての経験のある方なら簡単に想像できることだと思いますが、いっぺんに二人はやっぱり大変でしょうねぇ。

何と言っても初めての赤ちゃんのことですから、大切に大切に育てたい、ちゃんと育てたいという気持ちがいっぱいなのが、話を聞いていてよくわかります。マニュアル通り、何時間おきに何ミリリットルミルクをあげなければならない、そのために真夜中も起きて、哺乳瓶を煮沸消毒。母乳が十分ではなく搾乳。赤ちゃんの吸う力は結構強く乳首が擦れてしまい、搾乳機を購入して、何かと物入り。それに加えて夜泣きも激しく、いくらあやしても泣き止まない……超寝不足でどうかなりそう〜、というのです。そして、赤ちゃんのことだけならまだしも、なんだか奥さんがイライラしていて、ちょっとのことで喧嘩になりそうな空気なのだそうです。そりゃそうだ、夜も寝られないんだから、心身ともにしんどいわ〜、夫のすることがいちいち要領を得ず、かえってイラつくんだよね。「奥さんに優しい言葉をかけてあげてね」としか、アドバイスできませんでした。

もちろん、わたしは自分で言うのもなんですがベテランママです。もっと言いたいことは山ほどあるんですが、聞かれてもないのに、あれこれ申し上げるのは、若い夫婦には鬱陶しいものですし、自分のやりたいようにやるのが一番なので、あえて言いませんでした。わたしがどんなに楽チンな子育てをしてきたか、ということを。

楽チンな子育て、ズバリそれは手抜きです。まず、哺乳瓶の煮沸消毒はしません！　だいたい、煮沸消毒したところで、それを洗い上げるザルとか接触する他の食器、布巾などは、果たして無菌なのか？　接触するもの全てを消毒したとしても掃除も行き届かない部屋に舞っている埃はどうすれば？　自分の手は？　喋るだけでも唾は飛び散っています。考えるとキリがないので、全部やめてしまうのです。だいぶ、時間が空きます。それらの道具も買わないので、お金も浮きます。短い期間しか使わないベビーベッドや赤ちゃん用布団もないならないで過ごせるものですよ。わたしは夜中に赤ちゃんがプスッと言って目を覚ましたとき、すぐに自分も気がつくように一緒の布団で寝ていました。赤ちゃんと寄り添って眠るとき、まるでジグソーパズルのピースがピッタと合わさったように、わたしの体に赤ちゃんがうまくピタ〜っとはまって、まことに気持ちよいのです。もともとわたしにはこのピースが足りていなかったんだ、

今やっとぴったり収まって完成した〜、という安心感でいっぱいになりました。多分、赤ちゃんも同じ気持ちだったと思いますよ。
　赤ちゃんはそれぞれに性格も体の大きさも違うので、起きるタイミングやミルクを飲む量も少しずつ違うと思うのです。なので3時間おき！　と他人様から決められる必要はないじゃないですか。そして、布団周りにオムツのセットを並べておきます。こうすることによって、自分は完全に起き

上がらずに、布団の上でごそごそオムツを替え、そのまま横になって、母乳を与えるのです。決して立ち上がらないので、夢うつつの状態で自分も赤ちゃんもまた眠りにつくことができました。母乳が充分でなく多少早目に目が覚めてしまっても、ごろと横を向き、パジャマをたくし上げて咥《くわ》えさすだけなので、寝不足にならずに済みました。また、ときどき寝っ転がったまま、赤ちゃんを時計の針のようにぐるぐる少しずつ回転させながら、母乳を与えてみるのです。あらゆる母乳問題の解決策はこれです。

こんなだらしない、不衛生でいい加減な四半世紀前の子育て法を人様に押し付けるつもりは毛頭ありませんが、これだけは本当です。わたしと赤ちゃんはとっても幸せな気持ちで布団の中でまどろんでいたんです。あの瞬間、人生で一番幸せだったなぁ。あ〜、二度と経験することのないあの感触が懐かしいなぁ。

以上、全然参考にならなかったと思いますけど。

空色画房

自家用車というものはうちにありませんので、だいたいお買い物や幼稚園の送り迎え、ちょっとした用事はほとんど自転車で移動しています。ご近所の狭い路地などは、うちの庭のようによく知っています。そんなある日、よく通る道で夫が『空地売り物件』という看板を見つけました。帰ってくるなり、「すごくいい土地が売りに出てた！」との報告に、そろそろ引っ越ししたいなぁ、と思っていたところだったので、即、見に行くことにしました。前の家には、その10年くらい前に古民家をリノベーションして住んでいたのですが、なんせ、5人家族、仕事場も家の中なので、子どもも大きくなっていくわ、描いた絵や資料やらどんどん増えていくわでたちまち狭くなり、さらに家自体が木造で古いものですから、夏はめちゃめちゃ暑く、冬は吐く息が白いっていうくらい寒いのです。特に仕事場があまりにひどい環境でしたので、夫には、一流の仕事場で一流の仕事をしてほしい、と思っていたところだったのです。

そこは、以前、幼稚園の送り迎えに利用していた道で、昔ながらの蔵をそのまま残している静かな町でした。さらに大川の川べりにあり、見晴らしがとても良いのです。何もかもが気に入ってしまいました。地名や番地の字面を見ると、これも何だかスッキリしていて、「これだ！」というひらめきがありました。字面の良し悪し、これは単純にタイポグラフィの問題ですが、ここでも文字というデザインに何か別の力が湧いているような気がしてならないのです。仕事柄このデザインというものがやたらに気になるのです。こんな勘で動いているわたしですが、これまでも重要なことを決めていく際にこのひらめきがあり、また一旦ひらめくと迷うということが全くないものですから、即座に購入することに決定しました。この動きがあまりに早いもので、夫の方が少し躊躇するくらいです。余談ですが、実は結婚もこのひらめきで即決したんですよね。夫に迷う隙を与えず。（笑）

その時わたしたちは40代。家を買う時、30代では、財力に乏しく子育てに手がかかりすぎている。50代では、労力を費やすのに体力が追いつかない、といった点でも40代というのは、ちょうど良いような気がします。ちょっとわたしたちには、良すぎるくらいの物件でしたが、少し無理をしても大丈夫！　何とかなるという根拠のない自信もありました。変ですね、これもひらめきと同時に自信も湧いてくるんです。普段のわたしには自信なんて全然ないのに、不思議です。

さて、どんな家を建てようか？　と考えるとき、とてもワクワクしますよね。仕事場も思いっきり広くして、打ち合わせをする応接間を作ろう！　これまでは特に応接間がなかったもので、仕事の打ち合わせや取材を受けるときなど大変でした。急に訪ねて来られた仕事の打ち合わせも、リビングへ入っていただき、「あ、今ちょっとお茶碗片付けるから待ってね～」という感じ。打ち合わせ中に子どもが「ただいま～」と帰ってくる、など、実にアットホーム、といえば聞こえはいいが、ベタベタな打ち合わせ風景。普段からきっちり部屋を片付けられないので、いつも恥ずかしい思いをしていたのです。この打ち合わせできるスペースを確保できれば、とても気が楽です。せっかくなら、この応接間には、いつも絵を飾っておこう、小さなギャラリーのような応接間。何と言ってもうちには売るほど！　絵があるんだから。

これが『空色画房』ができるきっかけだったのです。はじめはこのちょっと打ち合わせできる空間、ということだったのですが、できれば景色も存分に楽しめて、仕事関係の人だけでなく、近所の人や絵を見たい人にも来てもらえれば、いいよね。だったら、この部屋は土足のまま入れる方がいいし、絵もいつも同じものばかりでなく、いろんな絵を見てもらいたいね。話はどんどん発展してしまい、いっちょまえのギャラリーが誕生してしまったのです。大きい窓から見える青い空と、この世にある一切のものは空《くう》である、という仏教の『色即是空』からネーミングしました、絵本のギャラリー『空色画房』です。

よかったら、ぜひ一度足を運んでみてくださいね。

出逢い（その1）

初めて会ったのはいつだったか、よく思い出せないほど強い印象のない人でした。しばらくの間は、同時期関西で活動していたアーティスト、背格好のよく似たY君と見分けがつかないくらいに。

夫の長谷川義史は、当時『ぷがじゃ』（プレイガイドジャーナル）というイベント情報誌の先駆けとなった雑誌の中で小さなカットを描いている人、その程度の認識でしかない存在でした。わたしは同誌で表紙を描いていましたので、「ふ〜ん」、くらいなものです。

はっきりと意識したのは、初夏の日差しもまばゆいある日のこと、こぢんまりした若者が、大量に絵を抱えてやってきたときのことです。「この人が長谷川くんか」。わたしの勤める会社は、大阪でも珍しいイラストレーターの団体で、当時、社長の佐藤邦雄さんは、関西でトップレベルの人気イラストレーターですので、誰かが絵を持ち込んでくるなんていうことは日常茶飯事でした。彼の絵自体は、まだどうというものではありませんでしたが、どこかに輝きを見つけていたんですね。顔と名前が一致しました。

その後、彼は同系列の広告制作会社に入社することになり、仕事の関係でよく会うようになりました。グラフィックデザイナーとして入りましたので、広告をデザインするとき、イラストは他の人に発注して、全体のレイアウトをしていくのですが、彼がわたしにこんな風に描いて、と説明のために描いたそのラフスケッチを見たとき、「わ！　この線はすごい！」とびっくりしてしまったのです。こんなにいい線が描けるならわたしが描くよりよっぽど自分で描けばいい！　わたしの周りにいる誰よりすごい！　と衝撃が走ってしまったのです。今思うと、芸に一目惚れしてしまったんですね。

その頃は広告の仕事も多く、若いデザイナーやイラストレーターがたくさんいました。まるで学校みたいにみんなでワイワイガヤガヤやっていて、一緒に飲みに行ったり遊びに行くことも多かったのですが、あるとき「長谷川くんって彼女いるの？」と聞くと「このあいだのクリスマスも、最後社内に残った先輩と男同士寂しく焼き鳥食うて帰った」というので、わたしは早速、電話番号を書いたメモを本に挟んで、「これ貸してあげる」と渡しました。家に帰ると即、電話があり、付き合うことに。1ヶ月ほどして「わたしと結婚したら幸せになれるよ」というと、「うん」ということで、いともあっさり決めていました。結婚するときって、こんなものかもしれません。

さて、田舎の親に挨拶だ、という段になって、彼は気合を入れねば！　と、髪をピッカピカに刈り上げました。ファッションもカッコよく決めたつもりで、刺繍の入ったシャツに、足元は裸足に革靴。うすうす、これはやばいかな〜と思いましたが、もう田舎の駅に到着していましたので、仕方ありません。

たどたどしく挨拶を済ませ、父は、この頼りなさそうな若者にちょいがっかりしましたが、「とて

も悪人には見えない」というのと、うちの三姉妹が誰も結婚しないので、「ここで反対している場合ではない」という二つの理由で許可しました。しかし母親の方が、断固反対をして寝込んでしまいました。勝手に娘の婿は、銀行に勤める三浦友和みたいな人〜と夢見ていたんですね。半年間くらい絶対嫌だ！　とごねていましたが、最後には、同じように3人娘のいる自分の姉に「娘なんて誰一人として、思ったような人と結婚してはくれないものだよ」と諭《さと》され、あきらめた、という次第です。今思うと反対されてよかったと思います。反対されればされるほど、絶対一緒になってやる！　と絆が深まりますし、両手《もろて》で祝福されると、案外途中で嫌になってしまっていたかもわかりません。また実家に帰りたくても、母に「それ見たことか」と言われるので、別れることができませんでした。

結婚してすぐに、「今の仕事は辞めて絵一本でやっていった方がいい！」と会社を辞めさせました。自分も仕事があったので心配していなかったし、不思議ですね、わたしはいつもこういった根拠のない確信に溢れているのです。さぁ、フリーになってしまった長谷川くん、この後やっていけるのでしょうか？　続きはまた今度。

出逢い（その2）

「普通結婚したら、その逆だよ。会社は辞められなくなる」と、人にはよく言われますが、わたしは結婚して、すぐに夫に会社を辞めるように言いました。なぜなら、広告のデザインする人は他に代わりがなんぼでもいるけれど、長谷川義史の絵を描ける人は、一人しかいないんだから。なんの迷いもなく、そう思い込んでいたので、一抹の不安もありませんでした。約束された仕事も何もないというのに、本当になんなんでしょうか？　とりあえず、仕事場は、先にフリーランスになっていたわたしのアトリエにテーブルを一つ追加してあげました。

　ちょうどその頃、時代は第3次演劇ブームで、関西では、近鉄劇場や扇町ミュージアムスクエアといった劇場で、次々と新しい演劇が繰り広げられておりました。わたし自身も小劇場がとても大好きで、プロジェクト・ナビという劇団の専属として、宣伝ポスターのイラストを担当させていただいていました。このようにこの劇団にはこの絵描き、というように決まっていることが多かったのですが、同時代、かなりの人気のあった劇団、南河内《みなみかわち》万歳一座《ばんざいいちざ》には、決まった絵描きが付いておらず、毎回のチラシやポスターもイマイチな感じのものでした。誰か、この人気劇団にイメージぴったりな、西日の当たる六畳一間的な絵描きはいないのか？　と思った瞬間、いたー!!　すぐ隣に！

そしてまた、そう思っているところに、たまたま夫婦で芝居に行くことがあり、座席につくと、なんと、隣の席が南河内万歳一座の制作を担当していたAさんだったのです。わたしは自分でもびっくりして、思わずAさんの腕をガシッとつかみ、「後でお話があります！　終わったらロビーで！」という言葉が、口から飛び出してしまったというわけです。

こうして、運良く南河内万歳一座の座付き絵描きとしてポスターの絵を描かせていただくことになりました。初めの頃はカット的なイラストだった作品も、劇団の仕事をするようになってから絵の中にもっと物語があるような絵に変わっていきました。本当に南河内万歳一座の芝居の世界と長谷川義史の絵はぴったりだったのです。

と、今度はそのポスターが絵本編集者Mさんの目に留まり、ぜひ絵本を作らないかと我が家を訪ねてくれました。こんなチャンスは滅多にありません。続いてまたわたしの口から勝手に「絵本のアイデアスケッチを1ヶ月後に提出します！」と言葉が飛び出していました。

こうして、デビュー作となった『おじいちゃんのおじいちゃんのおじいちゃんのおじいちゃん』（2000年、BL出版）は、出来上がるまでに描き直し描き直しで苦労しましたが、今でも人気の大ヒット作となりました。めでたしめでたし。

このように、節目で節目でキーパーソンとなる人と出会ってしまうのです。そして、普段おとなしい（?）わたしが、なんかひらめくと火事場の馬鹿力のように思い切った行動をしてしまうのは、なんなんでしょうか？　自分でもよくわかりませんが、この降って湧いてくるひらめきは、いつも大正解なので、とても大切にしています。年末ジャンボ宝くじとか、お年玉付き年賀状でも切手しか当たったことはないんですけどね。

わたしは、これほど、人がどうすれば輝くかがわかるのに、いざ、自分のこととなると、どうやれば良いかがわかりません。

夫の成功はわたしが導いたと言っても過言ではありませんが、喜びは100パーセントではありませんよ。夫婦といえどもライバルですから。悔しさに歯ぎしりして、眠れなかったこともしばしばです。半分はこんな気持ちです。こんなことをしているので、母親としてもいい加減で、3人の子どもは放ったらかし状態、ご飯を食べさすだけで精一杯。ちゃんと見てやれなかったなぁ、と子育てを終わりかけて反省しています。本当に悩みは尽きないし、渡辺真知子の歌じゃないけど、迷い道くねくねです。友だちから「あげまん」「青田買い」と言われつつ、結婚して27年が経ちました。誰か、わたしにもお導きを。

断捨離

この言葉が、流行り出したのは、いつ頃からだろう。10年くらい前かなぁ〜？　断捨離の先生みたいな人が、まるでタレントみたいにテレビに出てきて、もう捨てまくるのが本当に正しいことのように、捨てられないで無駄なものを置いておくのが、罪悪のように言うので、部屋を散らかしているわたしなどは、とても罪悪感に苛《さいな》まれ、家族に責められ、とても居心地の悪い思いをしているのです。

部屋が散らかっているのには、理由があります。わたしはなるべく、物を買わないようにしていますが、夫は、着道楽でおしゃれさん。人前に出る仕事もしていますので、その度ごとに新しい服を買っています。クローゼットのスペースは限られているので、今、120パーセントくらいの洋服が詰め込まれ、この後どうしたらいいか、いい考えが浮かびません。こういうとき、断捨離先生は、「着ない服は捨てる！」とすぐに答えを出してくれるのでしょう。でもわたしには、まだ全然傷んでいない服が捨てられません。首のあたりがよれっとなって、外に着ていけないトレーナーをパジャマにするととてもリラックスできるので、置いておくのです。

買いまくり＆捨てられないコンビの我が家は物が増える一方です。

とはいえ、わたしだって努力しているのです。それは捨てる努力ではなくて、地球環境を守り、無駄を省く努力です。

例えば、ときどきわざと買い物をしないで、『今、冷蔵庫の中にあるものだけで生きる！』というサバイバルゲームをしてみます。朝は、しなびたみかんだけだったり、昼はにゅうめんと佃煮。夜は、いろんなものを卵焼きの中に入れて焼いたものをご飯にのっけて天津飯。やや栄養バランスは、悪いですが、みるみる冷蔵庫が片付きます。または、頂き物のお菓子を小袋に詰めて、おすそ分け作戦とか。あらゆるパッケージや、梱包に使われているリボンを集めて、子どもに工作させたり。まぁ、こんなことをせっせとやっていますが、やっぱりさほど片付く様子がありません。

今日こそはクローゼットを片付ける！　と決心して始めてみましたが、一旦全部引きずり出さないことには、何をどうしたら良いかわからないので、あっという間に大量の物、物、物、山積みです。はぁ、これが元の場所に収まるような気がしません。子ども服譲って、と言われてた友だちにあげる服を、かろうじてダンボールに詰め込んだところで、洗濯機がピーピー呼ぶので、干しに行きました。そこへ夫がやってきて
「なんや!?　これは!?　余計に散らかっとるやん！」

「いや、今、洗濯物が！　あ、電話や！　ちょっと待って」

一向に片付く気配のないまま、翌日へと持ち越されます。

いろいろな方面に才能を発揮しているわたしですが、こと片付けとなると、バシッとできないのです。本当、才能がない！　のです。子どもたちもこのDNAをよく受け継いでいるのでしょうね。気を抜くとうちはすぐに部活の部屋のようになります。足元には汗臭いユニフォームや靴下。勉強机の上は教科書やらコンビニの袋やら、イヤホンとかフリスクとかもう、めちゃめちゃ。

「ちょっと！　机の上を片付けなさい！」と、言いたいが、自分の机を見ると、これまた絵の具、鉛筆、ラフスケッチ、小銭、クリップ、「よせぴっ！」（寄席情報誌）などが散乱しているので、言うに言えない現状。

そういえば亡くなった父の机もこんな感じでした。自分の机にそっくりです。先日、父は子どもの頃からいろいろなものを拾ってくるのが好きで、それをくっつけたり、加工したりして何か作って遊んでいたと、叔父さんから聞きました。そのあとは自分のアイデアで、あらゆる農業機械を発案、設計する仕事を嬉々として80過ぎまでしていたのだから、そんなごちゃごちゃな趣味が役に立ったとも言えるでしょう。ね、だからね、わたしも自分のイマジネーションを最大限発揮するために、こうしているんですよー。てな言い訳をするわたしを、断捨離先生お許しください。

なにわ探検クルーズ

毎日毎日、川を眺めながら絵を描いています。わたしのアトリエからは、贅沢にも大川が一望できるのです。人生、というと大袈裟ですが、ここに至るまで、どうも、わたしは『川』に引き寄せられてきたような気がします。

まず、生まれたところは、愛知県の『豊川』べり。川の堤防が遊び場でした。結婚した相手は『長谷川』さん。落語を習い始めていただいた高座名は『大川亭』です。住処《すみか》もどんどん川の方へ近づいていきました。旧姓が『青木』なので、『木』が付く人は『水』に関係するものと相性がいい、木は水を吸っていきいきできるから、というのを聞いたことがありますが、本当かもしれません。

こうして、今日もぼや〜っと水面を眺めているわけですが、本当にいろんな船が通ります。観光案内船『アクアライナー』、川底の砂を掻き上げる砂利取り船、船を貸し切ってジャズやボサノバの演奏を楽しむご一行。カヌーの大会がおこなわれていたり、最近では大学のクラブか何かでカヤックの練習に勤しむ人々。あらゆる世界の音楽も聞こえてきて、まさに、ディズニーランドに行かずして、『イッツ　ア　スモール　ワールド』を体験できるというわけです。

この中でも、わたしがとりわけ気に入っているのが、『落語家と行くなにわ探検クルーズ』の黄色い船です。この船は大阪なんばの湊町《みなとまち》船着場を出発して、プロの落語家さんの大阪観光案内を楽しく聞きながら、大阪の川を90分で一回りしてくれるクルーズです。とにかくただの案内ではないですから、先ず語りを楽しめます。わたしも他の地域からのお客さんをお連れして、何度か乗ったことがありますが、大阪はよく知っているつもりでも、また改めて川から眺めるというのも、なかなか面白いものですよ。普段は見ることのないアングルでビルの裏側を覗くと、いろいろなドラマを垣間見ることができます。個人的見解では、多分こっち側が大阪の本質です。

ある日のこと、この黄色い船が通ったので、よくよく見てみると、なんと、わたしのよく知っている落語家さんが乗っているではありませんか！（誰が乗っているか顔まで、よく見えるんです）思わず、おもいっきり手を振ると、船のお客さんも落語家さんもこちらに気付いてくれて、わーいわーいと、子どものように手を振り合い、盛り上がりました。これがクセになり、ついつい黄色い船を見かけると手を振ってしまいます。1日にだいたい3便は通るので、結構な頻度で手を振っています。船に乗っているお客さんは、見ず知らずの人ですが、観光の方ですし、陸を離れるということで、日常をやや逸脱できるのでしょうね。知らない者同士、手を

振り合っています。ただこれだけのことなんですが、なぜか、この行為が自分をなんとなく幸せにしてくれます。うまく説明できないのですが、幸せの黄色いハンカチ、ならぬ幸せの黄色い船のような……。または、小説『ライ麦畑でつかまえて』の、その、『つかまえ人』になれたような気がするのです。最近は自分が救われたいがために手を振っているようなものです。

大阪にお越しの際は、大阪人でもまだ乗ったことのない方は、ぜひ、一度ご乗船くださいねー！　って、わたしは別に『なにわ探検クルーズ』の回し者ではありません。

紅しょうが

大阪人というのはどうしてすぐに、これを自慢するのか？　大阪生まれでないわたしにとっては非常に謎です。あれは、まだ20代前半、大学を卒業したばかりの初々しい頃、初めての就職で大阪のイラストレーションを制作する会社に勤め始めた頃のことです。

「ぼくちん、昼飯いこか」

ショートカットにノーメイク、ジーパンにリュックサック、というのが当時のわたしの定番のファッションスタイルであったため、わたしは会社に入っていきなり上司のおっさんにこんなあだ名で呼ばれていました。一人暮らし&安月給のわたしにとって、1食でもごちそうになれるのは誠に御の字ですので、こういう時は、喜んでホイホイついていくのです。

Tさんは、本当に気前のいい人で、しょっちゅう誘ってくれました。だいたいが会社の近くのお気に入りの店です。どこも本当に庶民的な店でした。自分で、好きなおかずを取って食べるシステムの食堂があるというのも初めて知りました。

この日、行ったのは、その中でもとりわけ庶民的な、駄菓子屋が店の半分を食堂にしているという、お世辞にも綺麗とは言い難い店。白ご飯と味噌汁。おかずはおでんか天ぷら。レンコンとちくわの天ぷらを選んだわたしに、勝手にTさんが追加注文したもの、それは紅しょうがの天ぷらでした。

「わ！　何ですかっ⁉　これ！」叫ぶわたしを尻目に、満足そうな笑みを浮かべるTさん。

「知らんやろ？　これが紅しょうがの天ぷらや」

本当にこんな食べ物、見るのも食べるのも初めて。それどころか、その存在すら知らなかったわたしはびっくり！

「え⁉　でかっ！」

ふつう紅しょうがって言ったらもっと細かく刻んであって、何かの付け合わせになってるくらいのものでしょう？　こんな分厚く切った、着色料バリバリの真っ赤っかな紅しょうが、しかもギトギトの衣を着た塊、まさかこれ、このまま食べるの〜？　と驚いてしまいました。

「これが旨いんや、喰うてみ」

「え、え、え、う〜ん？　大阪人って、すごいもん食べてるんですね」

ひたすら感心しながら、白ご飯とともにバリバリガリガリ食べるわたしをどや顔で見つめるTさん。

はっきり言いますけど、紅しょうがの天ぷら……別に美味しくないですー‼　だってただの紅しょうがじゃないですか⁉　しかも、こんなにいっぱいいらんし。

でもその時は、もぐもぐしながら、

「はい、美味しいです。いや〜、初めて食べました！　ごちそうさまです！」と言ったわたしなのでした。

Tさんは大阪以外のところからやって来る客人に、決まってこれを食べさすのです。本当にいつも嬉しそうに。

数日前のことです。Tさんが急に倒れてそのまま亡くなったと知らせがありました。会社を辞めてからはほとんどお付き合いもなくなって、そのままご無沙汰が続き、仕事場は結構近くにあったというのにわざわざ会いに行くこともなく、そのままお別れということになってしまい、愕然としています。わたしは生意気な新入社員でしたので、とても仲良くしてもらったり、マジ喧嘩したりが、半分ずつくらいありました。

とても陽気で豪快な反面、ものすごくシャイで、引っ越しのお祝いにお酒を自転車のカゴに入れて持ってきてくれたのに、いくら勧めても家の中には入らず、すぐにまた、ガタピシの自転車を漕いで帰ってしまうところ、あの人はちょっと自分に似ているような気がします。いっこも恩返しができなかったこと、後悔しています。たまにはわたしから飲みに誘ってあげたらよかった。

「さぁ、今から徹夜麻雀行くで〜」と、そのまま帰らぬ人に。下手に生きながらえるより、よっぽどカッコいい！

わたし、紅しょうがを見るたび、いつもTさんのことを思っていたんですよ。そして、これからもずっと。

愛宕山

ある時、急に思い立って山登りに行く気になったのですが、子どもたちはもう行きたがらないし、夫婦二人というのもなんだかな～ということで、ツイッターで『明日、愛宕山《あたごやま》に登ります！　行ける人、阪急嵐山に○時集合』と、無謀なお知らせをしてみました。さてどのくらいお友だちが集まってくれるかな？　わたしは、こういったサプライズが大好きなのです。

当日の朝、とてもよく晴れていい気持ち。駅に着いてみるとたくさんの友だちと知らない人まで、20人くらい集まりました。

「わ～！　来たん？」と、お互いに指をさして盛り上がりながら、バスに乗りこみ、登山口まで。バスの中では、初めての人とも、ここまでくる経緯や、自己紹介をしながらすぐに和気あいあい。そんな中にポツンと参加してくれた5歳と2歳の男の子を連れたお母さんがいました。

「5歳はまだしも、2歳に山登りは大変じゃないですか、何なら途中までで帰ることもできるし……ね？」とそれとなく、辞めることを促しましたが、頑として「大丈夫です」の一点張り。仕方ないなぁ～、まぁ男の人もたくさんいるし、なんとかなるかな？　それより、途中で子どもが嫌がって、帰らざるを得なくなるだろうな、とたかをくくっていました。

登り道は大変ですが、少しずつでも足を前に出せば大丈夫。みんな登れます。山登りなんて趣味じゃないけどなんとなく来てしまったというご婦人、まだ40代ですがいきなり1合目でヒ～ヒ～音をあげてしまいました。その娘に、これまたなんとなく付いてきたという70代のおじいちゃんの方がよっぽど健脚で、一つも疲れた様子もなくひょいひょい登ります。さて、そしてさっきのお母さん、やはり2歳児がさっさとは歩いてくれず、それを見捨てて置いていくわけにもいかず、そのお母さんの後ろへ男の人に一人ついてもらって、ちょこちょこ登りました。2合目まで来たところで、「ここからならまだ道も険しくないからすぐ帰れるし、バス停まで送っていきます」と申し出ましたが、「いえ、大丈夫です」。絶対帰りたくない！という気合が伝わってきました。仲間の中には、「なあに？あの人、子どもがみんなに迷惑かけてるって、分からないの？」と怒っている人もいました。確かに、危険でもあるし、そうするべきではなかったのですが、誰も、「もう帰ってください」と言い出せず、男性陣も自分たちが交代で抱っこしてあげるから大丈夫だろう、とあくまで親切でしたので、じゃあ、行けるとこまでゆるゆる行くか、ということになりました。おかげでお昼のお弁当は、明らかに目的地のだいぶ手前でいただくことになりました。

必死に子どもの世話をするお母さん、心からこの山登りを楽しんでいるというより、険しい

表情が浮かんでおりました。たぶん毎日育児で大変なんでしょう。昨日のツイッターを見つけて、「やった！　いつも見ている絵本の長谷川さんに会える！　明日は夫も休みだし、いっしょに行ってもらえる！」と喜んでくれたに違いありません。早起きして、お弁当の準備をして、

「さぁ、あなた起きて！」というと、

「あぁ、もうやっぱりやめとくわ、しんどいから休ましてて」

「なんで？　昨日行くって言うたやん」

「毎日仕事で大変なんや、たまの休みくらい休ましてぇや」

「もうお弁当も用意したのに！　子どもらもパパと行くん楽しみにしてるんやで！　仕事仕事て、私かて毎日しんどいんや！」

「うるさいな、もう」

カッチ〜ン！　そのまま、お弁当と子どもを抱えて、家を飛び出し……。夫への怒りを原動力に、ほとんどやけくそな気持ちで登っているのでしょう。わかるわ〜！（今読者の方から、そんな声が聞こえてきました）

そんなこんなで予定よりかなり遅い下山となりましたが、みんなの協力もあって、なんとか日暮れまでには辿り着くことができました。心なしか、そのお母さんの表情からは怒りがすーっと消えていました。

母の道

夕暮れ時、出先からうちに急いで帰る途中、こんな光景に遭遇しました。仕事帰りのお母さんが自転車の前のカゴに1歳半くらいの子どもを乗せ、もう一人3歳くらいの上の子を連れ、道で立ち往生しているのです。保育園にお迎えの帰りでしょうか。自転車の後ろにもう一つの子ども椅子が設置されているのですが、上の子は、頑として後ろの席に座ろうとしません。かといって歩いてもくれないのです。なだめすかしても動こうとせず、ごねまくっています。

それを目の当たりにし、一瞬、デジャヴが起ったのかと、頭がくらくらしました。20年前、全く同じことを経験していたからです。

次男がやっと3歳になったころ。ようやく幼稚園に行ってくれるようになり、大助かりです。少しでも仕事に時間を使えると、喜んでいたのも束の間。3歳児の次男は、お母さんと離れる寂しさと新しい環境でのストレスでいっぱいいっぱいになり、がんばって1日過ごした思いを母親にぶつけたかったのでしょう。泣いて抱っこされて、甘えたかったんだと思います。わたしがお迎えに行くと、今まで自分の定位置だった前のカゴには、いつの間にか自分より小さくてかわいい弟がちょこんと座っていて、自分は後ろの席に追いやられることに……。たまったもんじゃありません。もう気が治まりません。狂ったように泣き出して、絶対に後ろへは座ってくれません。抱っこして力ずくで乗せようとしたってダメです。体を渾身の力でもってのけ反らせ、つっぱります。おまけにわざと鼻をブーブー、ブーブー、思いっきり噴射するのです！　汚い話ですが、この頃次男は怒ると必ずこれをやるのです。周りのどんな大人も一瞬ひるむ、ということを身を以て知っていたのでしょう。こんな子は後にも先にもうちの次男しか知りません。ある意味賢いのか、アホなのか……やっぱり、アホでしょう。

そういうわけで、幼稚園と我が家の中間地点で二進も三進もいかなくなり、立ち往生となりました。諦めて自転車を道端に止めたまま、自分もその場にへなへなとへたり込んでしまいました。泣きたいのはこっちです。だいたい朝からフル回転で仕事して、わたしだってクタクタです。今からスーパーに寄って買い物してから晩ご飯作り……他にもいろいろ……考えただけでもやることが山積みで、気が遠くなります。ああ、なんでこんな目に？　わたしは何かに試されているのだろうか。生きるとは何か？　ぼーっとして、ビルの谷間から覗く小さい空を眺めながら、ひたすら禅問答のような自問自答を繰り返すのでした。40～50分もすれば、何事もなかったかのようにケロッとして、自転車に乗る次男。でも、あたりはもう薄暗くなり、お腹も減ってフラフラです。

本当にこの次男の反抗期には手こずりましたが、その分、上と下は、男の子でもとてもおとなしい方の静かな子で、特に三男は、食べるものでも着るものでも、一切いちゃもんを言ったことがありません。わがままも言わない。大声出さない。人と絶対争わない控えめな性格で、真面目な可愛い子。育てるのに、とても楽させてもらいました。と、思っていたら大間違い、後に来る思春期の反抗期がやたら静かに長く、やりにくくて仕方ありません。そんなにじわじわ反抗するなら、もっとわぁわぁ騒いで怒ってくれる方が、わかりやすくてよかったです。つまり、どのみち同じ分量だけ反抗してくるのですね。先日、高校をやめると言い出しました。今はこれが目下の悩みの種となっています。もうちびっこじゃないので、わたしの自転車の後部座席に乗せてあげなくても、一人でどこへでも行くことができる年齢なのです。そしてまた、空を眺めてため息をつく日々が続いています。

我に返ると、わたしはその知らない若いお母さんに駆け寄り、代わりに自転車を押してあげました。上の子は、お母さんに抱っこされて嬉しそう。

この道のりは、果てしなく遠い。この道で合っているのかどうかもわからない……。ただ、ただもう、うちに帰って晩ご飯を作るのです。わたしにできることは、それしかないでしょう?

ゴン太さん

数年前のことです。わたしたちの住処は、大阪の古い民家でしたので、東西に風が通るように土間がまっすぐに伸びている造りで、冷暖房もあまり効かないものですから、春から秋にかけては、玄関の戸を開けっ放しにして仕事をしておりました。その土間には、番犬のように、うちで飼っている柴犬のチャイが繋がれておりまして、毎日表を通る人を和ませたり、または、他所《よそ》のわんこに吠え掛かり、驚かせていたものです。

道行く人はチャイを見つけると、「わ〜かわいい！」と玄関先に寄ってきて、よしよししてくれるのです。近くに仕事場のある人などは、毎日チャイに会いに来るのを日課にする人も、まぁまぁいました。

そのうちの一人、どうもお向かいの印刷屋さんに出入りしているおっちゃんなのですが、とっても犬好きのようです。

「うわ〜、よしよし、よしよし」めちゃかわいがってくれます。

「お〜、そうかそうか、ここ痒《かゆ》いんか？　お〜、よしよし」

「そうかそうか、うんうん」体をさすりながら会話しているようです。そのうち、玄関先から、だんだんと土間の奥へ入って来るようになりました。わたしも最初はぎょっとして、「あ、どうも」と会釈をしましたが、チャイに夢中で気付かないのか、こちらには知らん顔しています。しばらくすると、「オォ、よしよし、ゴン太さん、元気やったか？　よしよし、よしよし」勝手にチャイのことを『ゴン太さん』と呼んでいます。まぁ、別にいいですけど。それどころか、日を追うごとにどんどん中まで入ってきて、私の部屋の縁側に腰掛けて、よしよしするようになりました。つまり仕事をしている真後ろにおっちゃんが腰掛けている状態です。暇なときは冷たいお茶でもどうぞ、って感じで、2、3言、話をしたこともあります。全部がチャイ、いやゴン太さんに関する話でしたけど。正直、忙しいときはちょっと鬱陶《うっとう》しいなと思っていました。

また、おっちゃんは勝手に散歩に連れて行くこともありました。何の断りもなく……。その時は、さすがに誘拐か⁉　と心配しましたが、しばらくして帰ってきたので、ホッと胸をなでおろしたというわけです。

こんなに毎日うちにやってくるおっちゃんなので、道で会った時、当然挨拶をするのですが……やっぱり無視されるのです。チャイを連れて道で会った時は、もちろん「ゴン太さ〜ん、散歩か？　散歩か？　おぉ、よしよし」挨拶してくれます。

わたしも特に何も言いませんでしたので、おっちゃんはどんどん気安く入って来るようになり、戸が閉まっているときなどは、うちの子どもが帰ってきて家に入るのと同時にするっと家に入って来ます。小さいおっちゃんなのです。そのうち閉まっていても、急に「ゴン太さ〜ん！」と言って、勝手に戸を開けて入って来られるようになりました。全然悪い人ではないのですが、さすがにその

厚かましさに唖然としました。

　近所のママ友が、

「昨日、長谷川さんのおじいちゃん来られてたね」というので、

「え？　誰も来てないよ」というと、

「おかしいな、お宅からおじいちゃんが出てこられて、とても自然な様子だったし、仕事関係の人には見えなかったから」

　とうとうおっちゃんは、うちの家族（？）になりました。

　わたしは冬の間忙しかったこともあって、仕事に集中するために鍵をかけることにしました。ようやく春になって、ちょっと気の毒なことをしたな、と反省し、また戸を開けましたが、おっちゃんは来ませんでした。全然来ません。心配になってきました。そういえばこの冬は特に寒かった。結構お年でしたので、ひょっとして？　意地悪心を出して、人生の最期におっちゃんに悪いことしてしまった。戸ぐらい開けてあげればよかった。わたしは本当にひどい最低の人間です。ものすごい後悔をしていたある日、

「ゴン太さ〜ん！」ひょこっとおっちゃんは現れました。

「あ〜、よかった〜！」

　めちゃくちゃホッとした、という話です。

あおきひろえ
愛知県豊橋市生まれの大阪市在住。『パパとぼく』（絵本館、2004年）で絵本デビュー。著書に、『ハルコネコ』（教育画劇、2009年）、『ぼんちゃんのぼんやすみ』（講談社、2010年）、『シバ犬のチャイ』（絵・長谷川義史、BL出版、2013年）、『からあげ』（アリス館、2014年）など。
落語好きが高じて、自宅を寄席にした『ツギハギ荘』席亭、絵本のギャラリー『空色画房』のプロデュースも手がける。
夫は絵本作家の長谷川義史氏。

装丁：あおきひろえ

行《い》ったり来《き》たり寝《ね》ころんだり

2018年7月30日　初　版

絵と文　あおきひろえ
発行者　田所　稔

郵便番号　151-0051　東京都渋谷区千駄ヶ谷4-25-6
発行所　株式会社　新日本出版社
電話　03（3423）8402（営業）
03（3423）9323（編集）
info@shinnihon-net.co.jp
www.shinnihon-net.co.jp
振替番号　00130-0-13681

印刷・製本　光陽メディア

落丁・乱丁がありましたらおとりかえいたします。

ISBN978-4-406-06260-2 C0095　Printed in Japan